这一世，

我们总要接受一些我们不愿接受的，

送别一些依依不舍的人，

品尝几段忧伤，体会几次绝望。

没什么大不了的，每个人都一样。

这就是成长啊。

世界就像一个巨大的抓娃娃机，

我隔着玻璃，

只想得到你。

在一起的时候，
全世界都不可以说你不好，
只有我可以。
分开以后，
全世界都可以说你不好，
只有我不会。

爱情走了，但天并没有塌。

末日未临，整个世界依然有条不紊地运行着。

一切都还好，

只是你的心暂时蒙上了情绪的灰尘。

不是所有分手的人都值得复合。
除了与人亲密，
我们也总该学会与人疏离和潇洒道别。

你要明白，总会有人让你伤心，
总会有事让你期望落空。
唯一能让你稍微好受点儿的方法，
就是从此在脑中植入“愿赌服输”这个概念。

有些东西真的只适合安放在记忆里，

即使再怎么努力倒腾，

回不去就是回不去了。

你好像一点也不想我

鹿满川 著

北京联合出版公司
Beijing United Publishing Co.,Ltd

图书在版编目（CIP）数据

你好像一点也不想我 / 鹿满川著. -- 北京 : 北京联合出版公司, 2017.5

ISBN 978-7-5596-0364-7

Ⅰ. ①你… Ⅱ. ①鹿… Ⅲ. ①故事－作品集－中国－当代 Ⅳ. ①I247.81

中国版本图书馆CIP数据核字（2017）第087580号

你好像一点也不想我

作　　者：鹿满川
出 品 人：唐学雷
特约监制：夏　莱
责任编辑：李艳芬　徐秀琴
封面设计：mirrosen.com
营销推广：姜　涛
选题策划：盛世肯特
出版统筹：柯利明　林苑中
特约策划：石　雯
特约编辑：石　雯
内文插画：李树子
责任印制：张军伟

北京联合出版公司出版
（北京市西城区德外大街83号楼9层　100088）
北京市平谷县早立印刷厂　　新华书店经销
字数160千字　　880毫米×1230毫米　　1/32　　8印张
2017年7月第1版　　2017年7月第1次印刷
ISBN 978-7-5596-0364-7
定价：36.80元

目 录

第二部分 恋爱时·关于相处

别闹，我想和你好好的

越害怕分手就分得越快。

第三部分 分开后·关于沉淀

回不去就往前走啊

一段感情，最糟糕的结局不是被甩了被骗了，而是过后开始质疑自己了。

越害怕分手往往就分得越快。

我相信心态决定一切，包括恋爱的体验和结果。

希望你在爱过几个人，读过一些书之后，

收获到能让自己活得更轻松愉悦的那种心态。

然后，做好你自己的那部分就可以了，

其余不可控的东西，学会接受或绕开。

祝你修炼顺利。

鹿满川

自序
爱到深处是孤独

你有没有执拗地爱过一个人？有时用力过猛，有时刻意收敛；有时怒不可遏却又追悔莫及，有时撕心裂肺却又万般不舍。可你就是很爱那个人啊。哪怕把自己弄得很狼狈，你还是舍不得离开那个人，你不希望就这样轻易被放弃。渐渐地，你学会了言不由衷，适应了假装快乐，习惯了在不被理解的时候，一个人躲起来偷舐伤口。

这本书，竭力捕捉着爱情里共通的情感：天真与无畏，隐忍与莽撞，焦虑与沉默，不舍与决绝……想给你看一些真实的生活，一些热气腾腾的心动和遗憾，好让你理解：没什么好担心的，也没什么好畏惧的，在那些奇怪的思绪面前，其实你并不孤单。

一段感情，最糟糕的结局不是被甩了被骗了，而是越来越想不通什么才是真正的安全感，开始质疑自己了。

书里的故事，囊括了感情的三个阶段——牵手前、相处中、分开后，记录着一些男女如何相互选择、相互磨合，又相互忘记——重要的是，他们对“安全感”有着不同角度的探求和理解。

关于牵手前的选择，你会发现，好的爱情其实是相互吸引。有时你之所以会爱上一个人，不一定是因为他多帅气、多有钱、多有才，而是在他面前，你才最像你自己。哪怕你有时笨拙，偶尔胆怯，但他似乎总能透过你的遮遮掩掩和虚张声势，看出你的真我，然后依旧陪在你身边，让你知道，你是他眼中瑕不掩瑜的那一个，是披着平凡外衣的不平凡的人。

而其他故事，似乎又在传达爱情的残酷在于，除了真心、努力，还需要那么点儿重要的运气。如果不是两情相悦，即便单方面再怎么爱得轰轰烈烈、惊天动地，也还是得不到对方的青睐——很多人总以为，只要自己再努力、再坚持一下下，兴许就能成功了。殊不知，错误的执着，不过是一场虚妄。

如果你正值单身，在你面临下一次选择时，这些或许会让你的心思更澄明些。

“希望我带给你的都是正能量”是我听过的最好的情话。即便这一刻想起来，我仍然觉得很感动。这句话后来成了我的向导，让我牢记：在爱情里最该做的，是和对方一起创造大于一人份的快乐。除此之外，尽量别被其余的东西干扰。

我们常说，相爱容易，相处难。其实难的是双方对各自情绪的处理，是两个人都想在感情里掌控太多的东西。

你会看到，书里的男男女女在处理常见的感情问题时，大多把原本很小的事弄得越来越糟，有的脑袋发热，选择了最不理想的应对方式；有的甚至完全搞错了重点，根本不知道对方真正在意的是什么——而这些场景，却又那么熟悉。

嗯，别总想着要在感情里控制太多事。事实上，恋爱中的变数很多，谁也说不好结果会如何。我们能控制的，只有自己的质量和看待问题的方式。至于其他的，顺其自然，无愧于心就好。

试着做一个令人轻松愉悦的恋人，别给自己压力，也别给对方压力。不是只有经常难过才能证明自己正在爱着、爱得深沉，好的爱情应该是让你经常笑啊。

如果你正处于一段恋爱，希望这本书能给你带去一点思考。

分别总是苦涩的，这本书里一些感情的落幕，也难免如此。但我不希望，你只是沉浸在那些心痛的故事里顾影自怜。我期许的是，你能收获一种“愿赌服输”的心态。

我们总要学会接受生命中很多突如其来的失去，并逐渐适应它。即便爱情中并非只有甜蜜美好的部分，即便有时会以一场伤害狼狈收尾，但只要两个人认真爱过，这就够了。这足以让你抵御所有伤心事，放下所有痛苦和戾气，从此在漫长的人生中不断感念和回味，进而成为一个内心温暖的人。

分手后，若暂时还做不到彼此祝福，做不到收敛起与当下身份不合时宜的奢望，不妨先将关系冷却一段时间，至少做到不打扰，不让对方在拥抱新生活时分心。我想，这既是一种自觉，也是一种自重。

我更盼望你的玻璃心能早日修炼成防弹玻璃的质地，然后，真诚野蛮、无怨无悔地扑到下一段恋情里。

嗯，说了这么多，或许你已经感觉到了，这是一本有点儿奇怪的书。说它是故事集，它又不仅仅讲了故事，还有一些延伸出去的补充，想让你看到故事背后的一些真相；说它是“心灵鸡汤”，我却不愿摆出“情感专家”的高姿态，不想指手画脚地告诉你这样做不对，那样做才正确。

写的时候，我把自己想像成你们身边的某个朋友，手捧清茶，席地而坐，不紧不慢地讲一些故事给你们听，然后顺便聊聊自己从中想到了什么。推心置腹，没有隔阂。

我希望它是一种亲切的陪伴，一席诚恳的分享，在你孤独、难过、困厄、无聊、失眠的时刻，能给你带去一点陪伴。

我不妄想自己的文字能敲醒谁、指导谁，因为大家都是经历各异的成年人，都有自己独特的三观。

对于阅读和写作，我现阶段的理解是，它能帮助我们看清自己、接纳自己、提升自己——而这一切都需要通过思考来实现。否则，即便读了再多故事，内心也不会变得精彩；即便看了再多道理，也还是过不好这一生。

我相信你谈的每一场恋爱，看的每一篇故事，都能从中获得一些有益的思考，把经历的、看到的都内化成自己的心理资本，丰富对这个世界的感知，不断成长为一个更好的人。

是的，去成为一个更好的人。这是我能想到的爱一个人最好的方式。我坚信，爱情终究是件“前人栽树，后人乘凉”的事。所有眼泪、思索和沉淀都不会白费。长路漫漫，总会有一个懂你的人，在你灰心丧气快要撑不下去的时候，不经意地走近你，读懂你，珍惜你。

而在那之前，做好你自己就可以了。

爱情千变万化，过程因人而异。有人在其中执迷，丢失真我；有人在其中开悟，圆满自己。愿你是后者。

谢谢你花钱买我的书。希望你得到的不仅仅是一本书，更是一份对你今后情感生活的调剂、勉励和期许。

然后，有所憧憬，有所精进。

你好像一点也不想我……

不要紧，随你吧。

我已经想通了，

一直管你要的安全感，原来我自己就能给——

它根本就不是你主动的联系和秒回的短信，

而是，不管你想不想我，我都会让自己过得很好。

不为任何人，只为我自己。

鹿满川

二○一七年一月十日

嘿，咱俩好像挺合适

如果你爱对了人，是不必把自己低到尘埃里去的。

爱 上 爱 情 本 身

她单身了两年多，终于恋爱了。

他们是在一个婚恋交友网站上认识的，因为距离很近，彼此兴趣相投，两个人便互加了好友，热络地聊了将近一个礼拜，觉得彼此都还不错，就约在周末见个面深入了解一下。

那天他穿了一件很显身材的白衬衫，离好远就向穿红色长裙的她挥手打招呼，笑得特别阳光大气，整个人散发着一种清爽的感觉。他个子不算太高，但长得却很英俊，五官十分立体，面相有点维族小伙儿的味道。

他们像大多数约会的男女那样一起吃了个饭，看了场电影。天色尚早，正当她在心里纠结着要不要为今天的约会画上句号各回各家时，他突然拦了一辆出租车，打开车门让她上去，挤着一只眼睛很神秘地说要带她去个有趣的地方。

他们去了动植物公园，里面植物茂盛，品种繁多，空气特别好。他陪她看了许多种小动物。她说，算起来自己已经好几年没来过这个公园了，小时候大人经常带她来玩，很多展区已经跟以前不一样了，动物好像也没有以前多了。他就笑，又神秘兮兮地指着前方，说一定要带她去那里看看。

他说的是新建的极地馆，里面不仅有企鹅、海象，还有一只北极熊。她顿时惊呆了，之前只在纪录片里看过北极熊，没想到这家伙的块头竟然这么大。她兴奋地凑近玻璃幕墙，瞪大眼睛看着真实的北极熊来来回回地散步，连它喘息的声音都清晰可闻，回头又看见他站在台阶上正冲着自己微笑。阳光透过玻璃穹顶漏下来，柔和地打在他英俊的脸上，有那么一刻，她看得愣了神。

第四天晚上他叫她出去，她心里其实有点儿不高兴——哪有大晚上约女孩子的啊？

可嘀咕归嘀咕，她还是打车去了。

碰面后，他带她走了好一会儿，过马路时他搂着她的肩膀护着她，忽闪着大眼睛说："以后你可就是我对象了噢。"她突然心头一颤，竟有些害羞，忙故意转移话题："你这是要带我去哪儿？又搞得这么神秘。"

他们沿着一条用青石板铺就的甬道，猫腰穿过一片小树林。林子里有些暗，她抓着他突然伸给她的手，紧紧地跟在他身后，来到了伊通河边。河两岸的霓虹灯流光溢彩、绵延不绝，衬着城市的万家灯火，映着河面的粼粼水波，安谧静好，美不胜收。

她却无暇赞叹，一颗心狂跳不止。他的手掌大而温暖，几乎把她冰冷的小手都包裹上了，让她觉得特别有安全感。

时值八月，有很多附近的居民在河边观景，聊天，跑步，遛狗，一派闲适惬意的景象。她走在河边围栏的石阶上，他在石阶下牵着她的手一直往前走，即便两人已经攥出了手汗，可谁也不舍得撒开。

他们沿着河边走了好久好久，恨不得把贯穿这座城市的整条河流的夜景一口气看完。两人有说有笑，谁都不觉得累。

九点一过，她说她得回家了，他就带她往方便打车的马路边走去。在路过一盏街灯时，他突然停下脚步，晃了晃牵在一起的手，调皮地说：“女朋友，你亲我一下，好吗？”然后闭上眼睛嘟起了嘴。

她被他逗笑了，然后上前快速地亲了他一下。他一脸沉醉，拉着她的手继续往前走，刚走两步又叹了口气，语气一转，很认真地自言自语般说了句：“真好，好久没恋爱了。”

她听后愣了一下，两人相视一笑。

他还做了很多让她感觉很甜蜜的事：他出了个谜语，她怎么也猜不出来，他就故意唉声叹气地说：“这年头，工资不涨，股票不涨，我对象的智商也不涨”；看电影时突然出现恐怖悬疑的镜头，她不敢看，他就搂着她，一手轻轻地拍着她的头，一手挡着她的眼，在她耳边温柔地安抚道：“别怕别怕，很快就过去了”；她带他去吃一家超美味的热干面，他把自己那份拌好后，边跟她聊天边把她面前没拌的那份换走，动作特别自然，还把辣酱里面的大肉粒夹起来一口一口喂她吃；晚上牵手散步，行至人少处，他突然特别爷们儿地把她紧紧揽入怀中，狠狠地亲了她一顿，还在她脸蛋儿上轻轻地咬了一口；他们在床上嬉笑打闹，他一用力，没忍住放了个响屁，她立即特别夸张地弹开，捏着鼻子挥着手，说他“打不过就打不过，怎么还动用起‘生化武器’”，把他乐得前仰后合，跟个孩子似的；他搂着她吃“大脚板”雪糕，她说她不爱吃外面的瓜子仁巧克力脆皮，他就把脆皮全消灭掉，然后啃里面的雪糕瓤用嘴喂她吃；临近中秋，他提前半个月就说要选两盒上好的月饼去拜访老丈人和丈母娘，她害羞地拍打着他的肩膀，心里却像抹了蜜……

随着交往的时间越来越久，他发现她几乎从不主动联系自己，这跟他之前交往过的女朋友完全不同——她们在恋爱时恨不得一天给他打十几个电话，无时无刻都想知道他的行踪。

可他转念一想，也许她就是那种比较被动的，或者很有安全感、不无事生非的女生——而且，女孩子矜持一点儿也是好的，不碍事。

但是，他还是逐渐察觉出了一些不太对劲儿的地方来。

比如，她从来不记得两个人交往的纪念日；对他在工作和生活中遇到的困难也不是很关心；有时他心里不痛快，又不好发作，就故意不理她，可她对他的“冷暴力”一点儿也不敏感，完全像个置身事外的人——但只要他约她，她就会出来。

他总觉得这场恋爱好像缺少了点什么，无法用语言概括出来，又捉摸不清到底哪里出了问题。反正心里总有些不踏实。

这种“不踏实”终于在一个小细节中被引爆。

有一天他心血来潮，登录了一下那个交友网站——跟她初次见面的当晚，他就把上面的交友资料都删掉了，想一门心思跟她相处，就再也没登录过。

可不登不要紧，一登吓一跳！他赫然发现她的最近登录时间显示的是四十多分钟前，且最近三十天内登录了十余次……

他的脑袋“嗡”了一下，瞬间涌过一万种不堪的设想，突然产生很强烈的被背叛了的感觉。他要疯了，一刻也不想耽误，立即用装得很平静的语气打电话约她，说有很重要的事情要跟她面谈。

他红着眼眶，用手机浏览器登录那个网站，指着她的最近登录时间，质问她："你这是什么意思？是不是同时也在跟别的男人交往？"她竟毫不慌张，拉着脸很平静地说："没有。只是出于好奇，没事儿就登上去看一看，没跟任何人聊天，更没见面。"然后一摊手，摆出一副"爱信不信"的表情。

虽然她解释得有点儿潦草，怎么听都透着几分敷衍的意味，但除了这些，他再也挖不出别的答案了——甚至，在他的强烈要求下，她当场登录自己的账号，让他检查站内收信箱，除了他们之前的对话，和三四个她没搭理的打招呼，再无可疑之处。

他不得不信了她——嗯，真正爱着的一方，总是特别容易相信。

有一天他们去看电影，一部古装历史戏，影片中妻子背着夫君跟别人通奸的情节，看得他义愤填膺、咬牙切齿。第二天下班后再见，两人饭后在文化广场散步，行至裸男雕塑下，他突然单膝下跪掏出戒指向她求婚，目光坚定，表情认真，全然不顾路过的行人异样的眼光。

她一脸尴尬，慌得手忙脚乱，看样子很想赶紧拉他起身，又有些不好意思上前，怕周围人误会两人真有什么不清不楚的关系，只好连声让他赶紧起来，并作出"爱卿免礼平身"的手势。他却拗上了，一字一顿地说："你、不、表、态、我、就、不、起、来！"

"好好好，我表态，我表态！起来说话……"她皱着眉把他拉起来，假装没事似的环顾了一下四周，拉着他绕到雕塑背面，让他把戒指收起来，支支吾吾半天，中心思想只有一个——毕竟是婚姻大事，她需要时间仔细考虑考虑。

他隐约觉得不妙，可又不能在此重要关头贸然发火，只好像个受了委屈的小学生似的撅着嘴，故作可爱地说："那我只能给你一天时间考虑。"

三天后，他们约在一家安静的咖啡屋见面。她诚恳地说，虽然跟他相处得很愉快，但自己并不确定是否真的爱他——而且，即便他各方面都很好，但其实根本不是她内心真正喜欢的那种类型。她还说，自己一直为此感到迷惘、困惑，觉得有些对不起他，但又莫名其妙舍不得拒绝他的热情……经过这三天的思考，她终于决定把这些最真实的想法都告诉他。

说完这些，她低下头盯着卡布奇诺的叶形拉花，两根食指来回抠着咖啡杯上的纹路，安静地等着他说些什么——她不敢再直视他，因为方才说话时，她已经看到眼泪在他猩红的眼眶里打转，表情从嘴角微微颤抖发展到五官稍稍有些扭曲……

两人沉默了好几分钟，许是刚刚整理好情绪，他语气生硬地问："那你喜欢什么类型的？"

她似乎没想到他憋了半天竟然问了这个，被吓了一跳，大脑迅速组织起语言，视线却依旧避着他，答道："嗯？我……比较喜欢肌肉男，痞一点儿，坏坏的那种……"然后又小心翼翼地解释，"我的意思是……不是说你不好，而是……那种才是我的理想型。你应该明白我的意思吧……"

他沉默了两秒，又问："那你跟我在一起的这一个多月，有没有出去跟别的男人见面？"他顿了顿，又补充道，"就是你说的那种痞痞的、坏坏的男生。"

她叹了口气，然后看着他的眼睛，态度坚定地说："没有。"

"哦。"他端起面前的咖啡，一口气喝了大半杯，又伸出舌头迅速舔净嘴边的奶泡。

她刚想再说点什么，他又问："难道你真的对我没感觉吗？我对你那么好……就算我不是你的理想型，我们也可以慢慢培养啊——正好我也打算下个月开始健身，我可以练成你喜欢的那种肌肉男。"

他目光灼灼，一脸诚恳。

"你是对我很好，这我承认，我很感激你，但——要是你愿意……我们可以继续做很好的朋友。"

她看到他的眼神瞬间暗了下去。

“也就是说，我们没有一点儿可能了？你不爱我，也不打算试着爱我，更没想过跟我结婚，是吧？”他突然语速加快，看起来有些激动。

她害怕对方因为自己的言辞变得失控，就干脆低着头，一声不吭。明明一口都还没喝，杯子里的拉花竟然就变形了。

“好，我明白了，”他语气突然又平静下来，“那咱今天就算正式分手吧。我是抱着结婚的目的跟你谈恋爱的，我玩不起，没法陪你继续耗着了……我尊重你的意见，你说分还是不分？”

她慢慢抬起头，发现他正襟危坐地看着自己，眼睛里似乎又闪动着一丝期待。

“结束也好。”她鼓起勇气说。说完又叹了口气。

“好！”他愣愣地点了点头，一只手用力捏了两下另一只手的手指，然后又说了句“我买过单了，你多保重”，起身就往外走。

她看着他匆匆离去的背影，一时没反应过来，只低声说了句“对不起”，也不知他有没有听到。

他们再未联系。

她没有遇到理想中的肌肉痞子男，又过回了平静无澜的单身生活。她偶尔也会怀念跟他交往的那段时间，烦闷之时也曾一个人踏着石板甬道，猫腰穿过那片小树林，去伊通河边走上半个钟头——甚至还独自去看过那头北极熊。

她总是不由得回想起许多次被他确认为“女朋友”时的奇妙心跳，回想起许多个微风拂面、霓虹闪亮的夜晚——还有，让她暗自感动好久好久的，他不经意间伸向她的手……

可她却几乎忘了他的样子。那张帅气的脸被她的记忆打磨得越来越模糊。

她觉得自己很“渣”，平白无故伤了一个人的心。但不喜欢就是不喜欢，她始终无法想象自己该如何跟一个对自己来说“只是还不错”的人共同经历柴米油盐的生活。

可自己爱着的，怀念着的，到底又是什么呢？是那种被人陪伴的感觉？被“男朋友”呵护着的满足？还是……那些容易让自己上瘾的甜蜜和感动？

她想了很久，也没能想出确切的答案。

有时候啊，我们爱的可能只是一种感觉，而不是那个人。

只是恰好有人在我们寂寞时送来了陪伴的感觉，让我们尝到了不一样的新鲜刺激，我们内心太渴望被爱，下意识地把生活中平常的小事放大成了像模像样的浪漫和感动——而那个人，其实无论换成谁，都差不了多少。

嗯，你只是太久没恋爱了，才轻易把感动当成了喜欢，把路人当成了挚爱，以为自己正四平八稳地爱着，可回头细看时，却发现自己只是爱着爱情本身。

下次想清楚，别这样了。

我那么爱你，怎么跟你做朋友？

“我们可以一直做很好的朋友。”她态度认真地说，然后故作轻松地拍了拍他的肩膀。

“我才不要跟你做什么朋友。我只想让你做我的女朋友。”他抬起头，红着眼眶，一脸悲伤地看着她，好像一下子老了好几岁。

“你多吃点肉，再长壮一些，也别为了健康就净吃素，偶尔吃顿肉没关系的；记得跟单位好好商量，把公积金申请下来，就算没有正式编制，你工作干得那么好，应该也没什么问题；阴雨天要养成带伞的习惯，没事关注下天气预报，最好买一把小折叠伞放包里备着……”她躲开他的眼睛，故意岔开话题，用那种低沉的口吻认真地叮嘱他生活的方方面面，听起来就像个为即将独自远行的儿子操碎了心的母亲。

他垂下头，心如死灰地枯坐一旁，没有任何反应。

“还有就是……”她顿了顿，语气里夹杂着一丝犹豫，又稍微提高了声调，口齿清晰地说，“赶紧再找个女朋友，觉得不错就结婚，让你爸妈早点儿抱上孙子。”

他身体颤了一下，又抬头看了她一眼，紧抿着嘴唇，眼泪好像马上就要从眼角跑出来。

他们分手了。原因是他的家人死活都不能接受他娶个比他大好几岁的女人过门，而她的父母也不赞同自己的女儿嫁到外地——何况对方还是个看起来很不靠谱的毛头小子。

可他不甘心就这样放弃。之后的半个多月，他每天都给她打电话，不断鼓舞她的士气，提议两个人再勇敢地努力一次，还拍着胸脯说自己绝对有办法用实际行动说服双方家人。她不方便接电话的时候，他就给她发很多条短信，细致地列举两个人的甜蜜过往，企图以那些回忆唤回她的心。

但没用。她开始不回他的短信，也不太接他的电话，有时即便接了，也只是沉默，任他如何慷慨激昂、喋喋不休，最后都只丢给他一句“我们还是做好朋友吧”。

他每次听到她说这句话都会立即崩溃，之前堆砌的耐心和勇气顷刻溃散，言辞最激烈的一次，从不说脏话的他竟然爆了粗口：“谁他妈稀罕跟你做朋友？老子跟你做个鸟朋友！”

他计算着她的排班表，跑到她的城市去找她，她说她在替同事值班，不方便出来见他，让他赶紧回去。他说他只想见她一面，两个人坐下来好好说会儿话。她却说她马上要去开会了，就匆匆忙忙挂了电话。他站在陌生城市的广场上不知道该去哪儿，突然有些想哭。

他还是见到了她。过了一会儿她又打过来，问他的方位，然后说自己请了一个小时假，马上就开车赶过来。

她还是那么光彩照人，高高的个子在人群中很是扎眼。他好开心地说了句："我就知道，其实你还是会担心我。"然后就想像从前见面时那样上前拥抱她，却被她及时摆出的拒绝手势给制止了。

在车上，他又给她做了好一会儿思想工作，希望她能回心转意，不要就此放弃。她把头靠在车窗上，长发垂在前面遮住了她的脸，他看不见她什么表情。他讲得口干舌燥，也没见她有什么反应，就上前去撩她的头发，想问她到底有没有听进去自己说的话，却发现她满脸是泪——那种隐忍克制、无声无息的悲伤，让他心里好疼。

"别再逼我了，好吗？"她故作潇洒地抽了张面巾纸，扭过头擦了擦眼泪，然后沉着嗓子继续说，"如果我们早几年遇见，我一定会义无反顾地跟你轰轰烈烈爱一场。但我现在马上就三十岁了，你知道这对一个女人来说，是什么概念吗——你根本不会懂。你是男的，还这么年轻，还有心气有热情再折腾几年，可我不行了，我真耗不起了。我家里催我赶紧结婚，已经给我安排新的相亲对象了，我要争取在年底前脱单，差不多的话，明年就成家，后年就生孩子。”

“可……感情是我们两个人的事，你干吗要被你的家人牵着鼻子走？”他情绪激动起来，瞪着眼睛认真地问。

“不，我没有被任何人牵着鼻子走。这也是我自己的人生规划，我要完成它。”她扔掉手里已被拧成细条的纸巾，斩钉截铁地说。

“你的意思是，我已经从你的人生规划里出局了，是吗？”他顿了顿，咽了下口水，喉结蠕动了一下，又接着问，“还是说……从一开始，我就不在你的规划之内？”

她转过头看着他，面无表情地说：“我们做朋友不也挺好的吗？还是可以一直陪着对方。我偶尔也会过去看你，也欢迎你来看我……总好过我们都这么为难，这么痛苦。”

面对她的答非所问，他突然哑口无言。

那天她开车把他送到了车站，简单嘱咐了几句，就急忙赶回单位了。他没有跟她道别，木讷地目送她离开。

回来后的很多天，他都保持沉默。他是那么爱她，却又在这段爱里看到那么多无奈。他像发了一场漫长的低烧，心里难过得要命。某天，他不知是“烧”醒了还是“烧”糊涂了，发了条短信给她：“嘿，我终于把你放下了，我们做朋友吧。”

她回：“你真棒，我要向你学习。”

他的心像被人掐了一下那么疼，却又故作轻松地问：“你在干吗呢？我的好朋友。”

等了好久，她才回：“我要去约会了。”

有眼泪从眼眶里跌出来。他这才后悔不该再打探她的情况。本不想再回，平复情绪后还是敲了一句“加油，你是最棒的”过去。

再没得到回复。

之后的很长一段时间，他们都没有联系。直到三个多月后的一天，他突然接到她的来电。

说来也巧，那天在上班的路上，他路过一家店面，音响里正放着她唱过的一首歌，旋律和歌词都熟悉得不能再熟悉，他有点儿恍惚，努力克制着漫上心头的悲伤情绪。到了单位之后，整整一个上午，他心里都不太平静，处理工作的效率也不高。

所以，当手机屏上蹦出她的名字时，他简直吓了一跳，感觉好像有类似奇迹的事情降临在自己身上。他的心怦怦乱蹦，迟疑了一下，还是摁下接听键，吐出一声生硬的“喂”。她上来就是直截了当的问候，她依旧叫他“小伙子”，语气听起来轻松又随意。他不知道自己当时为何没有移步到楼梯间和她通话，只觉得整个身子像被黏在椅子上不能动弹。聪明的她听出了他在办公室里不太方便讲话，却没听出他努力掖藏着的慌张。她简短地问候了他各个方面，无论她问什么，他都沉着嗓子说“好”。他甚至还没来得及问候她，就鬼使神差地同意她挂了电话——而她问他的最后一个问题，是感情方面有没有新的进展，他说没有，本想说得平静，却显得有些斩钉截铁。她顿了顿，说会有的，让他耐心等待。

那是他们分开后第一次通话，又偏偏发生在他格外想念她的时候。这份裹着难过的喜悦来得太突然，他把她说过的每一句话都反复咀嚼了好几遍，以至于他整个下午都心不在焉。那天他加班加到很晚，终于捱到可以走人，出门就与黑夜撞了个满怀。他没有直接回家，而是跑到单位对面那排快要打烊的店铺前沿着马路慢慢走。街道上行人不多，路灯的光线也刚刚好。他几乎是心惊胆战地掏出手机，又煞有介事地回拨了她的号码，直到听到了她的声音，他才不知不觉地停下脚步。

他假装轻松地解释上午不便说太多有些抱歉，所以才又打了过去。她说下次再来他的城市时，会找他见面，两人可以再去一起走过的地方遛遛，就像朋友一样——她说这些的时候语气突然变得很严肃，态度却有点儿像请求。过了好一会儿，终于在他含糊犹豫的沉默里挖出一个明确的应答。挂掉电话之前，她问他："你怎么都不问问我过得好不好？"甚至，她就要把自己的情况说给他听了，可他却歇斯底里地冲她嚷道："你别告诉我！"

那天之后，他一直在等她找他见面的消息，有些期待，又有些恐慌。但后来她一直没有找他，他们也再没通过电话，渐渐地，他反而收获了一种莫名的轻松和安心。

"她应该过得很好吧。"他这样告诉自己。

他依旧单身，不是没有恋爱的人选，也不是在等她回头，只是心里始终放不下她，他想以这种特殊的形式默默地爱她久一点……虽然，每次路过那些他们一起走过的地方，重睹那些本来约好要重游一遍的去处时，他心里都不大好受。

那条街上还是只有那一家烧烤摊，老板烤串的时候依旧会把那块塑料板扇得很大声，生意也一直很不错——他没告诉过她，其实他从来不吃路边烧烤，即便那两次他都陪她吃得很开心；还有那个车流量庞大的十字路口，过马路时他看似自然地握着她的手，她不声不响地望着他，他还故作严肃地叫她好好过马路——那是他们第一次肢体接触，其实当时他有些犹豫，生怕她觉得那是一种无礼的冒犯。

他也搞不懂自己为何至今还清晰地记得那个垃圾箱的位置，即便它已经被市政部门换成了新的款式。每当路过，他总想往里面扔点什么——他也在心里一遍遍自责，那次她趁自己上前扔口香糖的关头，偷偷牵了一下自己另一只手的时候，为何他没反应过来立刻回握住她……

这些琐碎的小事都是构建他们爱情的细小的骨骼，它们静默且执拗地盘踞在他的城市，在她离开后，由他一力保管。记忆时常出来撒野，使他始终难以一直背对过去，不得不硬着头皮回首观望。于是他壮着胆子一遍遍走过那些特殊的地点，刚开始时眼眶还忍不住发热，后来渐渐变得面无表情。

他们终究没有做成朋友。

无数个特别想念的时刻，他都想立即打个电话过去，听听她的声音，哪怕只说一两句话。可他全都忍住了。对话框里的字敲完再删，写给她的E-mail也一封都没有发出去。他没有再跟她说过一句话，也不再给她的朋友圈点赞，就像个隐形人一样，默默地窥探着她的生活。

后来他在一个唱歌软件里，偶然发现了她的账号，发现刚分手的那段时间她翻唱过《很爱很爱你》《梦一场》《有一种爱叫做放手》，还有一些他们在一起时共同听过的情歌……他心里原本是有些怪她的，怪她说话不算数，怪她没有遵守承诺跟他继续做朋友。可当他仔细听完那些歌，听完她那些伤心的呐喊和细微的啜泣，他突然明白了她的心。

他用新注册的账号在她唱的歌下面留言：“没事，我一个人也挺好的。等你结婚了，我就不等了。你一定要幸福，不枉我狼狈退出。”发完后觉得不妥，又赶紧删了。

嗯，有些话，有些情绪，真的只适合煨在心里。说出来又能怎样呢？你还是你，我还是我。局面难以改变，说再多都毫无意义，只能徒增伤痛和羁绊。

面对一段已然走到山穷水尽的感情，能给对方的最后的疼爱，或许真的就只剩祝福和不打扰。

生活中，有很多分手后还想跟对方继续做朋友的人。但现实却是，如果不是双方都愿意分手，而是其中一人单方面终止关系，那么两人很难再成为朋友。

那些分手后还能和对方维持友谊的人，或许从来就没有认真爱过对方，压根儿就是抱着游戏的心态开始这段关系的吧——或者我们也可以说，在那段关系中，友情的成分可能一直都大于爱情的成分。

嗯，如果真的深爱过，或者心里还在爱着，面对一个听到名字就会心起波澜，再看一眼还是想拥有的人，怎么可能镇定从容地跟Ta做朋友？留着时刻提醒自己不要忘记曾经的伤痛和甜蜜吗？还是亲眼目睹Ta在今后的日子里再为别人欢喜和受伤？

爱情要比友情自私、功利得多。友情或许可以君子之交淡如水，冰雪消融释前嫌，但爱情很难——正如莎士比亚所说："分手后不能做敌人，因为彼此深爱过；也不能做朋友，因为彼此伤害过。"

其实啊，很多想要终止恋爱关系的人，之所以在分手后表明"我们还可以做朋友"，只是为了安慰、稳住对方，以求脱身——那不过是一句客套话，一种缓兵之计。

可依然爱着的一方，通常会对这句客套话深信不疑，抱着复合的巨大幻想，将计就计地打着朋友的幌子，继续在对方的生活里存在，然后时不时制造一些出格的言行，却忘了自己的身份已今时不同往日，最后闹得两人之间更加尴尬。

往"更现实"的方向想，有些人之所以想跟对方继续做朋友，是觉得自己在这个人身上已经花了很多时间和心血，白白扔掉实在可惜，便想以别的形式把这种关系"废物利用"起来，没准儿以后有什么事情需要对方帮忙——正所谓"恋爱不成求其次"。

也不可否认，有的人想得更简单：给自己留个备胎，留个随时欢迎自己"回家串门"的炮友。

况且，和前任做朋友哪有想象得那么简单，不仅会影响到自己新恋情的发展，还可能会莫名其妙地被对方的幸福伤害到——当“嫉妒心”和“占有欲”轮番上阵，保证能让你产生一种“我好像还爱着Ta”的幻觉；就算你能摆正心态管住自己，没准儿对方又在暗自失落：“这货竟能如此淡定，一点儿都不吃醋，看来之前对我的爱都是假的”——友谊的小船可能说翻就翻了，到头来也是白折腾。

就算你们熬过这些“关卡”，或者一方开始了新恋情，打算来段清清爽爽的纯友谊，可，现任（们）同意了吗?

是的，在这种情况下，“和前任做朋友”就不单只是你们两个人之间的事了，同时还需要现任（们）的理解和支持。即便能达成三方（四方）合议，在交往中也需谨言慎行，且要多多关照现任心情，否则只会弄巧成拙——也千万别瞒着现任和前任继续交往，相信我，“现任”永远是一支强劲的FBI后备军，天生自带识别前任和第三者的敏锐技能，一旦被发现，有嘴说不清，后果更惨烈。

从这个角度说，如果所有人都能打消“跟前任做朋友”的念头，跟旧爱老死不相往来，那这个世界无疑将变成美好的人间。

当然，也确实有曾经真心相爱的人，分手后仍维持着朋友关系。他们往往有很深的感情基础（比如相恋时间很长，或者一起组建过家庭、生育过子女），处理感情的心态也比较成熟，在一起时没有出现过背叛等伤害指数高、精神影响大的“情节”，只是因为“腻了”而达成共识，和平分手——再或者，他们分手的年头比较长，有一个漫长、干净的“绝缘”过程，都已经彻底放下了，且重逢时彼此对现在的生活都很满意，这种情况下两人比较容易产生纯粹的友谊。

是的，不做朋友是因为放不下，能做朋友反倒是因为真的放下了。

偶遇旧爱，最令人难过的不是视而不见、相对无言，而是对方竟然云淡风轻、潇洒自如地跟你打了个招呼——于是，你终于明白，自己在对方心里真的什么也不是了。你心心念念的一场爱，原来不过是一丝不可说不可辩的悲哀。

难道这样就好受了吗？他日再相见，你真的有把握，自己和对方都能坦然相对吗？

所以，甩人就甩干净，别再给对方留下希望；被甩就滚得越远越好，别给自己犯贱的机会。

再见生绊，不如不见。

一别两宽，各自安好。

若不能再度拥抱，我宁愿独自掌灯。

你就那么缺朋友吗？

与其绞尽脑汁想把前男友变成朋友，不如多花些时间把朋友发展成现男友啊。

为更值得的人省点力气

人一旦痴情起来，也真够死脑筋的。他早就被她“毙”了，彻头彻尾步入了蓝颜的行列，可他还是痴情不改，仍心心念念惦记着她。

他们是在网上认识的，四个多月以来一直聊得很投契，觉得彼此还不错，没准儿真能擦出爱的火花来，便约好见上一面。

见面的地点约在一条繁华街道上的麦当劳，他提前到了一会儿，想到马上就可以见到她了，他心里很激动，也有点儿小紧张，不由得坐立不安，不时向门口张望。她来得比他预想的要准时，扎着利落的马尾，穿着白色短袖和牛仔短裤，整个人显得格外清爽，一进门就引起了他的注意。他们四目相对，仿佛立马就知道对方是自己要见的人，像老朋友一样默契地笑起来。

他们去逛了书店，又在一家甜品店聊了一会儿，还逛了很多有趣的小百货店。她看中了一本书和一个本子，他想买来送她，她坚决不肯，说干吗刚见面就收他的礼物，坚持自己付钱。

他们聊起各自的职业，惊讶地发现两人的单位竟然离得特别近，只隔两条马路，家也住得不太远，就在同一个区域。他笑着说这就是缘分，她捂着嘴笑他，说他到底是有多词穷。

到中午该吃饭的时候，根据她的提议，他们去了一家虽然店面不起眼却很有特色的拉面馆，他又抢着付账，她拗不过他，扮着鬼脸说那下次她请。他的话不多，她就在快要冷场的时候讲一些笑点奇特的冷笑话，虽然有的他根本没理解，但看她哈哈大笑的样子，他也忍不住跟着她笑。

那天分手时他让她到家后给他发一条短信，他收到短信后鬼使神差地回了句“你跟别的女孩子不一样”，然后她回了一个鬼脸表情。

然后他就向她展开了温柔攻势：神秘兮兮地非让正在单位的她下楼一趟，递给她一个精致的小袋子，里面装着他刚才和同事逛进口食品店时买的几样零食；守在她下班等车的公交站点，陪她坐车，送她回家；下雨的时候给她撑伞，有时还执意塞给她一盒刚烤出来的她最爱吃的蛋挞……她感到不好意思，就趁中午以食堂饭菜不合她的胃口为由请他吃饭。她发现他也开始讲一些笑点很奇特的冷笑话，只是他的语气有些不适合，听起来像是背出来的，总觉得怪怪的。

周末时他偶尔会约她出来看电影，有一次正赶上没什么值得看的好片子，可来都来了，他不想扫兴，就说自己想看恐怖片。她有点儿兴奋，说她其实很爱看恐怖片，但胆子又太小，属于那种想看又不敢看的㞞货。他给她出招儿，说看到恐怖的部分可以捂住眼睛，等演过去了，他自会提醒她。她就照办，结果，一场90分钟的电影，大约有60分钟她都没敢看，有时光是听声音她也害怕，就闭上眼睛低着头，两手紧紧捂住耳朵。有一次她没掌握好闭眼的时机，被一个突如其来的恐怖画面吓得差点儿大叫出来，还抓了一下他放在旁边的一只手。看完后他问她："真的有那么可怕吗？"她摇着脑袋说："以后再也不看了，我还是心甘情愿做个㞞货好了。"把他又逗乐了。

这样过了快一个月，有天晚上他实在忍不住了，便鼓足勇气给她发了一条很长的告白短信，大意就是"想一直在她身边照顾她"之类的心里话，不煽情，却很实在。可是过了半天，她也没有回应，他隐约觉得大事不妙，便做好了被拒绝的心理准备。

可即便之前已经做好心理准备，当真正看到对方那条措辞讲究、逻辑严谨、同样很长的拒绝短信时，他心里还是像被钝击了一样疼。

而她拒绝他的主要理由是："经过这段时间相处，越来越觉得你的性格跟我前男友的相似，我实在不想重蹈覆辙……"

他们做回了朋友，却恰巧赶上她生了一场病。她好像也想疏远他一段时间，说最近不希望他再跟她联络，等她痊愈后会再约他吃饭。

那小半个月里，他每天都过得浑浑噩噩，经常叫朋友们过去陪他喝酒，而我又喝不了多少，只好绞尽脑汁开导他，至于他有没有听进去我也不知道。

她病好后果然主动联系了他。可告白一旦被拒绝，两人之间就难免有些尴尬。虽然他们有时还是会一起吃饭，但气氛已经大不如前，见面的次数也就越来越少。

除了偶尔在网上寒暄两句，他们有半年多没再见面。后来他租的房子到期，他便跟父母借了点儿钱，加上他这些年的积蓄，打算先买个差不多的二手房住着。不知是天意如此还是心之所向，他挑来挑去最终选中了离她家很近的一套房，就在相邻的小区。他爸妈为此事还专程从外地赶过来，老两口一眼就相中了那套房，当下就付了定金。

搬家前，他在网上跟她搭话，假装很随意地说了句“我要住到你家附近了”，引来她的一串诧异表情。

搬家那天我们都去帮忙收拾，她也在场，依旧扎着马尾，袖子一挽，抡起胳膊就一顿狂干，架势丝毫不输男生，果然潇洒可人。

那晚我们一起吃饭，他闷着头喝了很多酒，又磕磕巴巴地讲起那些古怪的冷笑话，我们心照不宣，怕她太过难堪，不时哈哈傻笑打着圆场。

住得近了，他似乎又有了新的立场频繁与她联络，动不动就发短信问她各种事情，且大多以“你知不知道咱们附近……”作为开头。时间久了，他们的关系自然也更近一步，她经常去他家玩，两人也开始无话不谈。

有一次她突然对他说，她偶然间在微博手机客户端“通讯录好友推荐”里发现了他的微博，就很好奇地点进去看，发现那段时间他发了很多关于她的微博，她越看越心酸，真的有被感动到。

那些微博我也看过，什么“今天我们去看恐怖片，你因为太害怕抓了我的手，虽然只有那么一下，我却像突然被电到了一样……如果时间永远停在那一刻，该有多好”“心真的好痛，我明知道你不会选择我，却心存侥幸非要给你机会拒绝我，都是我自找的”“你说你病了，却不让我联系你，你知不知道这样我会更担心”之类的，然后他又开始数她生病的日子，“今天是第三天，不知道你好点儿没有”“七天了，你一点儿消息也没有，我很担心”“已经过去十一天了，你应该快好起来了吧？我一点儿精神头都没有，什么也不想干，总是忍不住想起你”……他不是那种会矫情的人，那阵子却在微博上每天都矫情得要死，令人刮目相看，引来八方点赞。

她说，她知道他对她是一片真心，也知道是自己不识好歹。可她真的觉得，他的性子跟自己前男友的太像，慢条斯理，闷得要命，担心在一起后又会变得不愉快，反而会伤他的心，还不如像现在这样当好朋友，不用顾虑太多事情。

他被她说得有些泛泪，努力管理着自己的情绪，好不容易才沉着嗓子说出一句“嗯，我懂”。

没过多久，他就把那段时间发的微博都删了。前面都是我靠回忆复述出来的，意思和用词差不了多少。

可蓝颜哪是那么好当的？更何况是扮演自己心爱女人的蓝颜。第二年春天，她跟一个男人恋爱了。他立即心口中箭，体会了一把“万箭穿心”，却又不得不强装笑脸，冲她摆出一副“只要你幸福就好”的表情。

他的直觉告诉他，那个男人八成不靠谱，但又觉得不该给她泼冷水，以免被她猜到自己的小心思，便只是旁敲侧击地提醒她一两句。

他开始识趣地跟她减少来往，不单是为了避嫌，似乎更是为了“眼不见为净”。他告诉自己要努力工作，更要学会懂得知足——是啊，他现在工作顺利，房子也搞定了，还有什么不知足的呢？

事实如他所料，那个男人的确不靠谱，不到一个月就跟她提出分手。她哭得很惨，好像也只有找他倾诉才最方便。他不知道该怎么安慰她，只是心里莫名有点儿高兴。

他陪她走出了失恋的痛苦。欠缺幽默感的他，偶然间发现《百变大咖秀》特别搞笑，就放给她看，听到她笑了，他心里也舒缓了许多；他陪她逛家附近的夜市，能陪爱书如命的她在旧书摊前撅着屁股挑上半个多钟头；怕她不开心，他就在手机里安装了好几个冷笑话APP，挤出时间浏览一番，发现好笑的就立马在微信上传给她看……

有天晚上赶上她加班，外面下起了瓢泼大雨，他做了她最爱吃的可乐鸡翅和炸土豆饼，在QQ上跟她估算好她能下班的大概时间，带上伞打车去接她。

那天的雨一直下到后半夜，他心里期待着她能不能不走。而她好像也确实想给他一次机会，可能是出于感激，也可能是出于空虚，反正没让他睡沙发。可不知是他真的太爱她，还是他太老实，两个人在一张床上相安无事地睡了一宿……他始终没有碰她。

好吧，看来他也真的只能止步于“蓝颜”了。

有些情愫丛生不灭，多少蓝颜壮志不已。

他现在依然偷偷爱着她，在感到知足的同时，也时刻为“再次中箭”做着心理准备。我不想再看他灌酒，却也没有再劝他早日放下，只是觉得，他努力了那么久都没有结果，可能在她眼里他真的不太适合吧。

我们大抵要在年轻时消耗掉对这个世界的大部分热情，然后才懂得为将来更值得的人和事省省力气。

毫无野心地爱一个人，确实是个人的自由。但如果能把那些力气花在一个更有希望的人身上，会不会更好些呢?

怕就怕，当你爱过很多错误的人，或是爱了错误的人太久，耗尽了心气，用光了慷慨，后来就怯了、疲了，不知该如何爱了，变得小心和计较了，反而让真正对自己有心的人，失望了……

噢，他不爱我

星期一，他刚到单位，发现自己桌面上放着一个红色方盒，打开一看，是一只马克杯，样式简单利落，雪白的杯体上只有一个不大不小的黑胡子图案。

这样的事已经是第二次发生了。上次是一盒进口嘉云糖，没留纸条，也没人跟他打招呼，弄得他一头雾水，吃也不是，扔也不是，现在还躺在他的抽屉里。

他环顾四周，仔细观察同事们的神色，想一举揪出这个“神秘的送礼人”。可大家一到工位就忙着准备新一周的早会资料，还真看不出有什么可疑的人。

没空“破案”，还得抓紧时间再检查一遍自己手里的文件。他盖好盒子，随手把它推到电脑显示器旁边，也开始忙起来。

两天后，“神秘的送礼人”因为一个偶然事件浮出了水面。

那天上午，同事小琪路过他的工位去饮水机接水，往回走的时候恰好瞥见他桌上没来得及收起来的那个红盒子，就欠儿欠儿地凑过去问他是啥，并赞叹那盒子又漂亮又有档次，没等他回答，她已经拿起来自己打开瞧了，然后说这杯子不错，就是用这么好的盒子装，稍微夸张了点儿。

他无奈地笑了笑，随口说道："你要是喜欢就拿走吧，反正我也不知道是谁给我的，神神秘秘的，我留着也没用。"

小琪礼貌性地推辞了一下，在获得准许之后立刻捧着红盒子欢欢喜喜地回到了自己的工位上。然后她立马淘汰了自己原先那个满是茶渍的旧杯子，当天下午就十分高调地用新杯子冲起了咖啡。

可粒粒不干了，看到小琪托着那只新杯子在办公室里晃悠时，她露出了难以置信的惊讶表情——又很快转为难掩的愤怒。她"噔噔噔"快步走过去，劈头盖脸就问："这个怎么在你这儿？"

小琪被问得莫名其妙，冲粒粒晃了晃手里的杯子："你是说这个？"

"对呀！明明是邢彬的东西，怎么到了你手里？"

小琪睁大了眼睛，反问道："你怎么知道这是邢彬的东西？它明明装在一个盒子里，你偷偷打开看了？"

“我……因为那是我送给他的！上周末下班后，我放在他桌子上的！”粒粒显得很激动，又接着说，“不信你等我一下……”然后她“噔噔噔”跑回自己的工位，又很快“噔噔噔”跑回来，手上拎着一只和小琪手里款式一样的马克杯——除了“黑胡子”换成了“红唇印”。

于是，这桩“悬案”不侦自破，整个办公室的人都知道企划组的刘粒粒喜欢营销组的邢彬了。

小琪把杯子还给了粒粒，为自己的不知情表达了歉意，还附带了一个勉励的表情。粒粒回到工位，望着桌面上的一对情侣杯发呆，为因此暴露了自己的心事感到有些后悔，但情绪中又不由得夹杂着几分“宣示了主权”般的得意和兴奋。

她料想办公室的那些长舌妇肯定会把这件事迅速告诉邢彬，他得知后肯定会第一时间跑过来表示感谢，并为自己随便把杯子转赠他人一事致歉，然后顺理成章地接受她的心意……

可事与愿违。即便她的小心思在公司里已经传得人尽皆知，邢彬那边还是一点儿动静也没有。她一次次抬起屁股伸长脖子望向他工位的方向，对方看起来完全是一副置身事外的样子，只引来正好抬头跟她对上眼的同事意味不明的笑。

粒粒忍不下去了。第二天中午，她饭也没吃，特意跑去楼下文具店买了漂亮的、带着淡淡香味儿的信纸，又一头扎进办公室里，专注地写起告白信来。

她实在太专注了，以至于把主任布置的文案修改任务都抛到脑后了……她写了撕，撕了写，怎么写都不满意，文学硕士毕业的她，第一次在遣词造句上犯了难。

距离下班还有四十多分钟，她终于搞定了告白信，又探着身子瞄了一眼邢彬的工位。人不在，妙极。她小心翼翼地按照网上的教程把信纸折叠成了好看的形状，再战战兢兢把它塞进粉红色的小信封里，生怕纸沿和信封内壁刮擦，再掀出折角来。

然后，她拿出人生十二分演技，端着“红唇印”马克杯假装去冲咖啡，路过邢彬工位时以迅雷不及掩耳之势从左腋下掏出承载着满满爱意的粉红小信封，瞄准，投掷，“Pia”一下准确降落在邢彬的桌面上。

完美，满分。

她在心里给自己放了一炮纸礼花，然后面无表情地冲到饮水机前接了三秒钟的水，心满意足地回到自己的工位。

嗯……白瞎那条速溶麦斯威尔了——她接的是凉水。

期望再次落空。

粒粒原以为邢彬看了自己那份态度鲜明、情感饱满的告白信之后，即便不好意思眼泛热泪地冲过来抱住她，内心也一定深受触动，会在午休或下班后约她去外面一起吃个饭啥的，算是正式拉开这段感情的帷幕。

可对方非但无动于衷，还做出一件令她费解的事情来：第二天一早，她桌面上放着她之前送给他的那盒嘉云糖。酸樱桃味的，她最爱的口味。全新，都没被打开过。

她怎么也想不通他到底是什么意思。

——上次送他那盒他吃掉了，于是又特意买了一盒一样的回送给我？天呐！他不会那么细心吧……难道他平时留意到了我只吃这个口味的？

——莫非是我想错了？他不想跟我处对象，不想欠我的，所以把东西还我？

——他怎么也不给我留张纸条呢？这到底代表啥？最不喜欢猜猜猜了……

“杯子事件”过后，她知道大伙都在私底下议论自己，心想可不能再那么莽撞了，行事也谨慎了起来。

虽然她满心疑惑，恨不得立即冲到邢彬面前问个清楚，但她还是一忍再忍，最后在QQ上优雅地敲了一行字过去：“糖，我收到了，可不明白你的意思。”

等了半天，没反应。她探起身子往他的座位上看，人就坐在那儿，也没去开会啊，咋不回话呢？到底是啥意思？

为了一探究竟，她又端着杯子假装去接水，想表现得自然一些，生怕被别人看出意图，反而显得十分别扭。她草草地接了点儿水，借着低头撩头发的功夫，斜着眼睛向他望去。

他正用一支铅笔在文件上勾勾划划，样子十分专注——怪不得没回，原来正忙着。她如释重负般回到工位。

她等啊等，等啊等，精神总是溜号，不是盯着电脑屏幕右下角的小企鹅看，就是伸长脖子看向那个快被她望穿了的方向，完全没心思弄手里昨天就该改好的文案。

没过多久，她发现QQ联系人列表里他的头像已经变成黑白的了，也不知他看到那条消息没有，就赶紧又抓起手机，在微信上敲了同样的一句话过去……可直到下班前两分钟，他还是没回。

她突然有些委屈，有些窝火，想：姑奶奶不就是问你句话吗，干吗装作没看到？你有什么了不起，拽什么拽？今儿我非得当面把话问清楚！看你还往哪儿躲！

于是，下班后她把他拦在了楼梯口。

“你看我昨天写给你的信了吗？早上的糖是什么意思啊？为什么不回我消息？”她开门见山，连珠炮似的发问。

“我的意思是，我有女朋友了，所以把东西还给你，谢谢你。”他眉头微蹙，用很清晰很平静的语气说——就像在跟客户说话。

“切，骗人。”她撒娇似的翻了个白眼，咬了下嘴唇，接着说，“你是不是不喜欢我？我特意调查过，你明明就是单身啊。用不着拿这种话搪塞我！”

他脸上掠过一丝尴尬，又立马睁大眼睛严肃地对她说：“是真的。”

“真的？”

“嗯。”他态度十分坚定。

“哦……”说着，她像泄了气的皮球耷拉着脑袋慢慢转身要下楼梯。

“而且，你是个很好的姑娘，我没有不喜欢你啊。”他又补充了这样一句话。

可就是这样一句仅仅是出于礼貌和安慰的话，却被她断章取义地琢磨出别的门道来：“他说我是个很好的姑娘！还说他没有不喜欢我！”

深陷感情的女人，都有一种能从别人简单的话里“明察秋毫”，又迅速“以星星之火燎原千里”的独特本事，一旦她觉得是那么回事，任凭十八头大黑牛也拉不回来——尤其是在她再次确认对方的确没有女朋友之后。

于是，“拦路楼梯间”的戏码二次上演。她底气十足地戳穿了他的谎言，还巴拉巴拉说了一堆“我知道，你就是想考验我的真心，所以随便编个瞎话想看看我的反应……”之类的话，完全一副“你赶紧乖乖从了老娘”的架势。

“对不起，你好像误会了……我是觉得我们两个不适合做男女朋友，保持现在单纯的同事关系就挺好的。”

她顿时有些惊慌失措，却又不想就此放弃，故作镇定地反问：“我们又没在一起过，你怎么知道不适合呢？没准儿一试就成了呢？”

他被问得哭笑不得，犹豫了一下，不得不沉着嗓子说：“可我试都不想试。抱歉，我还有事，先走了。”然后绕过她，“咚咚咚”飞快下了楼梯。

当天晚上，她又给对方发了好多条微信：“你知道吗？我从去年就开始喜欢你了，你在年会上跟老马他们表演的‘三句半’，数你说得最好——连敲锣都敲得那么性感，然后我的眼里就只有你了”“每次我路过你座位的时候都会偷偷看你好几眼，你注意过吗”“我知道你最喜欢橘黄色，之前看你在朋友圈被‘点名’了，接力回答了一大堆问题，难道你没发现有阵子我一直穿橘黄色的衣服在你面前晃吗？我今天背的包还是橘黄色的呢——我还知道你是摩羯座O型血，从来不吃辣的，喜欢像我这样的短发女生，有过两个前女友，家里还有个姐姐”“之前‘盛龙’那个项目，是我主动跟领导要求参加的，因为我知道那是你独自牵线拿下来的第一个项目，为了助你一臂之力，我当时可是熬了好几个通宵，才想出那套文案的”“我们恋爱吧！给彼此一个机会！我想陪你在屋顶上看星星，陪你去旅行，陪你去看海，陪你哭，陪你笑，陪你吃每一顿早餐，陪你慢慢变老”……

发着发着，她自己都哭了，蹦下床扯了张纸巾，平复了下情绪，却发现对方还是只字未回。

她又急又气，又接着发：“你为什么不回我？没看到还是不想回”“亲爱的邢彬同志，你给点儿反应好不好，念在我打了这么多字的份儿上”“你咋这么冷酷无情？就算你的心是冰做的，也该被我焐化了吧”“我都这么喜欢你了，你喜欢我一下能死吗！”

然后……半夜醒来看手机准备再发的时候，她发现对方把自己删了……

嗯，陷入感情的人，往往会产生一种“全世界都要为我的爱情让道，任何人和事都必须全力配合我的心情”的错觉，完全丧失平日恪守的分寸感，变得十分狂热、冲动——甚至是蛮横。

能够热情勇敢、淋漓尽致地表达自己的情感，或许也是一件值得羡慕的事。但这件事的发生，是否应该建立在“确认对方也对自己有兴趣”的基础上呢?

经常有读者通过各种平台向我倾诉心事，其中很有代表性的一类问题就是：Ta到底喜不喜欢我?

我一般会告诉他们：不要因为自己对对方的感情就刻意放大相处中的细节（甚至，有些事在我看来根本算不上是相处），避免非理智的美化解读，试着“跳出来”，以旁观者的心态去审视对方的反应，做出尽量客观的评估。

比如，一个人要是对你有好感，Ta跟你在一起的时候就会很有活力、表现欲旺盛，Ta会向你呈现出积极、开心的精神状态，并经常肯定、附和你的观点，也会对你的个人情况产生好奇心，想尽可能多地了解你的性格、喜好、生活状态、家庭情况。喜欢你的人，压根不会错过你发给Ta的任何消息和能够跟你产生互动的机会，即便Ta可能偶尔忙碌，没能及时看到，进而做出回应，但绝不会一而再、再而三地置之不理——这些，都可以成为决定你“要不要表白”的关键因素。

嗯，一个真正在意你的人，是不会一直都那么忙的。即便是日理万机的联合国秘书长，也有需要维系的私生活；即便是每秒钟都创收百万的超级大老板，也有值得自己花时间的重要的人。

发短信超过两次没回，打电话超过两次没接，就不要再继续主动联络对方了——Ta没有被恐怖组织劫持，也没有被车撞，更没有不小心掉进下水井里，Ta只是单纯地不想理你。

别只顾着表达自己的感情，也要顾及下对方的感受。

就好比前面故事中的女生在表白信里说：“我想陪你在屋顶上看星星，陪你去旅行，陪你去看海，陪你哭，陪你笑，陪你吃每一顿早餐，陪你慢慢变老……”她把自己都快感动哭了，却从没认真考虑过，对方到底想不想、需不需要她的陪伴呢？

虽然这听起来或许会有些“不近人情”，但是，所有不被需要的、没有分寸的关心，对别人来讲，都是一种叨扰。

如果是相亲、见网友等初次约会，在吃饭时就可以看出端倪——美国康奈尔大学研究人员经实验发现，大部分男性在心仪的对象面前会下意识增加食量，以此展现自己的身体优势——所以，男生在约会时吃得越多，表示他越喜欢对方。

我觉得这个规律反过来同样适用：排除“想尽快结束约会”“菜品不喜欢”“吃不下东西”等情况，如果女生在约会时吃得很少，可能代表她很喜欢对方——为了在心仪的对象面前保持淑女形象嘛。

而约会结束后，即便女人看上了对方，往往也会矜持一下，按捺着热情等对方联系自己。但如果男人迟迟不主动联络，那肯定不是因为矜持，只能说明他对这个人不感兴趣——这时候，就不要再为他找借口了，恭喜你已经被划出“团结对象”的范围，可以不必再惦念，准备邂逅下一位吧。

你很难追到一个不想跟你谈恋爱的人，正如你很难叫醒一个装睡的人。感情这事儿，终究不是仅凭努力就能得来的。如果你不是对方喜欢的类型，你追破天也没有用。

我也一直坚信，真正的爱情是相互吸引，用不着很费力的追求和很刻意的讨好。那些挖空心思把对方追到手的人，谁知道他们后来过得快不快乐呢？而那些被追到者，又有多少能保证自己的“妥协”不是出于感动呢？

感动真的是爱吗？一个人或许可以感动你一时，但却很难感动你一世。生活中又哪有那么多“感动”呢？那些经常觉得自己被感动到的家伙，无非是因为他们身边有内心真正喜欢的人吧。

脸可以热，但不一定非得拿去贴别人的冷屁股啊。见好就收，别瞎折腾。给自己留点儿面子，让别人清静舒服，也为这繁忙的世界免去一分新生的难堪。

相安无事，世界和平，多好。

承认别人对自己的不爱，其实也是一种勇敢。至少要好过那些把自己圈养在妄想和懦弱里的人，不必接着扮演疯癫模拟爱情绚烂，不必继续龙腾虎跃以示内心饱满。

不恼，不怨，过回自己本该过的生活。爱是一种相互选择，谁都有选择或不选择一个人的权利。你要明白，把自己的期望强加于人，无异于一种恶意。

也千万不要因为别人的不爱而质疑、否定自己。绝大多数情况是，你根本没有什么问题，只是很不凑巧，你不是对方喜欢的那一款。

人生还长，前路漫漫，早晚会遇到和你相互喜欢的人。

你急什么。

嗯，当你尝够了人世间的悲欢离合，学会了如何控制期望、收拾失望，就不会再有“非得跟谁在一起”的想法了。

祝你修炼顺利。

在你身边，是我最骄傲的事

她是一名报社记者，做了很多年，也算是个资深媒体人。前阵子她交了一个男朋友，据说是个十分高傲、目空一切的人，在她面前总是一副“主子”姿态，霸道得不要不要的。

她以前从未交往过这样的男生，可能是出于新鲜感，她一下子就爱上他了。

坠入爱河之后，她参加朋友聚会的次数骤减。而且只要她一出席，肯定三句话不离她的“霸道总裁”，她会津津有味地向大伙阐述他的“大男子气概”：

“昨天我过马路没注意到车，他一把把我拽回来，然后特别生气特别严厉地冲我吼，骂我是不是脑子有问题，可我竟然一点儿都没生气，觉得他那么在意我，简直man极了”“去看电影时他把钱包扔给我，指挥我去排队买票和爆米花，他就翘着腿坐在等待区的沙发上，我扭头看他，他也不理我，酷酷的”“我们去看话剧，每隔一会儿他就发出一声

‘切’的声音，然后冷冷地跟我说，这排得忒烂了，简直太后悔了，票钱就当资助那群小演员的学费了，改天带我去上海看一位话剧大师的场子，那是他朋友，让我见识见识什么才是真正的话剧艺术——说完他就带我提前退场了，只看了不到十分钟……虽然有些可惜，但感觉他好有品位”“他给我讲他的工作经历，说别人嫉妒他、陷害他，最后都没有好下场，连上司都敬他三分——他还教我怎么在职场中站稳脚跟，说一定要有真本事，干出别人无法企及的业绩，别的小角色都不必放在眼里”“他学识特别渊博，完全是上知天文下知地理，无论我们碰见什么，他都能说出一堆名词，连‘电线杆主要构件的受力分析’他都知道……他对历史和国际形势也特别有见解，能说出一大堆我没听说过的人名和错综复杂的人物关系——你们说，他到底是什么脑袋啊？我真好奇里面是什么构造，简直就是一本无所不知的百科全书啊！他还说他长这么大，只佩服毛泽东，再无第二个人”……

结果可想而知，小伙伴们纷纷表示不屑，白眼都快翻到后脑勺了，大家忍不住吐槽：“天了噜，这狂的，他咋不上天呢”“我告诉你，这种装×犯我见多了”“太拽了吧，你确定他当时就是那么说的？原话？额……好恶心”“这男的自我感觉也太良好了吧，换成是我，我可受不了”……

可无论大伙怎么说，她都不为所动，反而维护起男朋友的光辉形象来：“去去去，懒得跟你们说。别以为我不知道，你们就是‘羡慕嫉妒恨，吃不到葡萄说葡萄酸’！我男神当然是我最了解，在我眼里，他就是好，就算他狂、他傲，也有狂的底气、傲的资本！”

唔……大伙只好又开玩笑似的为自己方才的“失言”致歉，为她的“伟人之恋”献上祝福，并出奇一致地纷纷表示：只要你开心就好。

他们的恋情平稳发展，虽然不够浪漫，但相处起来也还算有质量。每次约会，他总是巴拉巴拉地说很多她不知道的见闻，她也总是十分配合地投以崇拜的目光，并不时发出赞叹——虽然他讲的绝大多数东西她都记不住，也觉得没必要去记住。

可是，作为一名文化工作者、知识女青年，即便她愿意在相处中为对方让出“舞台”，她也还是有表现欲的啊。时间一长，她越来越觉得每次约会都像是来参加一对一的“家教辅导课”，对方总是不顾她的兴趣，自我陶醉地抛给她大量信息，而她在旁边就像个白痴一样，几乎插不上话……

为了制造互动，让对方知道自己也不逊色，她开始尝试参与话题，在某天下午对方提到“朦胧诗派”时，她脱口而出：“啊，这个我知道！海子、北岛、舒婷、徐志摩、顾城……还有食指！他们都是朦胧诗派的代表，以细腻的情感和华美的措辞营造意境，唤醒了新诗的现代化意识，为当时的文坛送来一阵清风，提供了一种全新的审美取向，我最喜欢那首《面朝大海，春暖花开》和《致橡树》！”

说完，她摆出一副认真、兴奋，又略带骄傲的表情，等着对方露出惊喜的神色。

可事与愿违。男朋友瞪着眼睛看了她两秒，然后眉头一皱，没好气地说：“屁，才不对，徐志摩是新月派的。而且朦胧诗派的出现，简直是促使华语文学走向衰败的主因之一，他们简直是在糟蹋诗歌——你知道个屁，以后不明白就别瞎说，整得跟文盲似的，也就我不笑话你，要是跟外人说，还不把人家大牙笑掉了！”

然后他摇摇头，发出一声冷笑，双手背腰一转身，继续往前走，结束了这个话题。

她当时觉得羞愧难当，像被他一连抽了好几个耳光，有些委屈，又有些气恼，恨不得立马甩头走掉。可他又回过头用那种不屑的眼神瞄了她一眼，示意她别杵在那儿了，赶紧跟上。

这样的事还发生过一次，他以权威般的口吻打断她的发言，并再次笑她是“文盲”。看见她明显不高兴了，他也不哄，反而责怪她“没文化还不虚心，多大个人了还闹小孩子脾气”。她仔细想想他说的话，觉得确实有几分道理，便不恼了。只是，她从此放弃了参与话题的“雄心壮志”，在他高谈阔论时继续充当“绝对听众”。

她以为，既然选择了这样霸道、强势、自我的男朋友，那这些让自己感到“不适”的细节，就是她需要去适应和习惯的部分。为了两个人的感情，她愿意在他面前做个什么都不懂的“小笨蛋”。只要他能开心。

可她把事情想得太简单了——她心爱的“霸道总裁”，对她的打压绝不仅仅止步于“不让她插话”，而是又开始向她的专业领域“进攻”了……

有一天他正赶去跟她约会，路过报刊亭，心血来潮买了一份她们报社的报纸，随便翻了两下，正好找到一篇她撰写的新闻稿。在咖啡厅见面后，他第一件事就是把报纸扔在桌子上，然后十分严肃地说：“我刚才看了下第三版上你的一篇稿，刚读完一段，就发现两处错误，”说着，他把报纸展开翻到那个版面，指给正在喝东西的她看，“你这句话完全没有主语，太奇怪了，不信你自己再读两遍。”他夺过她手里的咖啡杯，放在一边，又把报纸推向她，以便让她看得更清楚。

“还有，这句话里的这个词用的不对，你不是文学系毕业的吗？怎么还能犯这种低级错误？真让我不敢相信——版面责编是谁……噢，是这个人，看来水平也很一般，这么严重的错误都没发现。可见你们报社的办报水平也不怎么样。”

她觉得他简直有些莫名其妙，但他的目光和语气如此认真，令她不得不耐着性子看向他指着的地方。她刚想解释，他立马摆出“停”的手势，然后用长辈的口吻说："别给自己找借口。错了就是错了，基本功不扎实就是不扎实。我这也是为了你好，别人也未必会这么用心地给你指出错误，帮助你进步——你要知道，能得到我的指点是多难得的机会，我们办公室主任写材料都向我请教，我姥爷的书稿也是我花了一天一夜的功夫修改润色完的。你要学的东西还有很多，别以为在这个行业里做了几年就了不得了。"

她抿了抿嘴，无奈地点了点头，咽下了要说的话，心中有一万头羊驼奔腾而过。

他挑她文字上的毛病好像挑上了瘾，隔三差五就买一份她们的报纸来评判一番，甚至连她发的微博也不放过，总是揪着个别字眼大做文章，甚至到了吹毛求疵的地步。

她对此越来越反感，不是因为不虚心，而是觉得有些伤心。她觉得自己没别的本事，唯独在写东西这方面比较有信心，单位的领导也很看好她，写的稿子也获得过一些奖励——可这些，她唯一可以骄傲、可以用来安身立命的东西，竟然被他贬得一文不值。长这么大，她的自尊心从未受到如此重创，觉得个人价值都被对方全盘否定了。

她感到好累，好迷惘，也开始有些心疼自己。

有一天她发了一条朋友圈，故意写了一组对仗不太工整的排比句。没过一会儿，他果然在微信上发来消息："说你文字功底不扎实你还不服，你自己说，刚才发的那条朋友圈有什么毛病，我看你这回说得对不对。"

她笑了，心里没了难过，反而莫名有些轻松。

"其实我是故意的，猜到了你又会来纠正我。"她心灰意冷地敲了这行字过去。

对方好久没说话，一直显示"对方正在输入……"，可过了十多分钟才发过来一条消息："幼稚！"

她想象着对方气急败坏的尴尬表情，自言自语地说："是啊，真幼稚。"然后没有回他。

她提出了分手。理由是他从未肯定过她在这份感情中所做的努力，反而把心思都用在了如何贬低、嘲讽她上面。

她说："既然在你眼里我这么不好，你这么看不上我，我干吗还要跟你在一起？是我配不上你，行了吧！"

他无言以对，去拉她的手，被她一把甩开。

我想，爱情本该建立在相互欣赏的基础上，是一种双向的肯定——

且更高一阶的状态是：我们以对方为荣。

在一段健康的亲密关系中，两人发自内心地珍视对方内在和外在的优点，不妒能相轻，不吝啬夸奖，在与之相伴的过程中感到喜悦，继而将这喜悦反馈、传递给对方，最终完成对彼此心灵上的“确认”。

即便我们也时常发现恋人的缺点，只要不是难以忍受的原则性问题，便都应该将它们理解为其个体的独特性，尽量选择尊重和接受，不妄言道破，不指手画脚，以包容之心守护一份真实的“不完美”。

虽然，除了性格原因，前面故事里男生的做法也可能是某些PUA（“把妹达人”“约会教练”）所谓的“打压策略”（即以否定对方价值的形式来换取崇拜）。但显然，他做得很不好。

物极必反，任何技巧在使用时都需要讲究频率，把握尺度。“打压策略”最好对比较自信、开朗的女生使用，且要注意“打人不打脸”，别不分青红皂白地看见什么就打压什么，否则只会落得“自大”“嘴贱”的骂名。

而我的另一对朋友，郎才女貌，我从未从他们口中听过半句对方的不是，反倒都是“她给我织的手套，连我擅长针线的老妈看了都说好，她太心灵手巧了”“没事儿，我老公对待感情很成熟，他知道自己想要什么，再多小姑娘围着他转我也不担心，他属于坐怀不乱那种——

这么久了，他要是不靠谱，我也不能跟他”“你们知道吗？我第一次被她邀请去家里做客，真的被震撼到了，满屋子都是她的画，特惊艳，我还以为不小心误闯了美术馆呢。（笑）在我眼里，她就是顶级的艺术家”“他啊，最近在攻读博士学位呢，工作那么辛苦还那么用功，我也得加把劲了，哈哈……”之类。

是的，这才是理想的恋爱关系，除了陪伴和关爱，两个人的心也被对方的倾慕和尊重稳妥地包裹着，不但提高了各自的自尊水平，增强了“想成为一个更好的人”的心气，还让对方觉得自己的生命更有价值，眼下的生活更有意义。

哪怕你们都很平凡，也该学会从相处的点滴中培养对彼此的欣赏——网上流传很广的那句“真爱就是两个长得像猪一样的人还生怕对方被别人抢走”，讲的其实就是这个道理。

反过来，如果恋人总是挑剔你的不足，从不肯定你，还不断向你传递负能量，让你对自己的感觉越来越不好，那跟这样的人交往，并不利于你人格的成长，你应该早点儿离开他。

除非你是受虐狂。

备胎的自我修养

我有个四十出头的大哥，像被魔咒缠身般总是遭遇那种还没从上一段感情里走出来的女生，而悲剧的是，那些小妹妹没有一个真正爱上他，都只在他怀里暖一暖就跑开，把他的心闪得一颤一颤的。

他倒会自嘲，给自己总结了个“金牌备胎”的尊号，还真是恰当得不得了。

“情伤小妹妹一号”完全是他中意的类型：长发，白净，瘦弱，内向，文艺。他很享受她的那种小鸟依人，心里满满都是想要好好保护她的想法。事实上他们进展得也很顺利：在他锲而不舍的温柔攻势下，他们很快就一起去看了电影，很快就牵了手，很快就接了吻，很快就上了床……他以为自己终于收获了一份甜蜜的恋情，之前单身了那么久也算值了。可就在他心中暗喜时，她却给了他当头一棒——她竟然在跟他做那件事的时候喊出了一个三个字的一听就是个男生的名字，且当场痛哭不止……是的，他傻眼了，整个人都僵住了，然后觉得心口很痛，像被钝击了一下，几乎不需要再开口问什么，他一下子就都明白了。但他没有发作，也没有表现出很受伤或者悲愤的情绪，反而温柔地搂着哭到颤抖的她，不停地轻声安慰……

你来评评理，这样的男人如果不吸引不遭遇“情伤小妹妹”们，难道还有天理可言吗？！

他的“烂桃花之旅”由此起程，后来又接连遭遇了“情伤小妹妹二号”“情伤小妹妹三号”……其间他有努力地帮她们疗伤，就是那种自己强忍着难过还要为别人尽心尽力的程度。但她们还是一个个欢快地跑回自己的“情伤沼泽”里去了，只留给他一大堆“你是好人”“谢谢你的厚爱，可我还是忘不了他”“我觉得继续下去会更加对不起你”之类的屁话。而他这个之前单身了很久的“一潭死水”，一旦泛起涟漪，虽然每次都不得善终，却再难过回以往单身时波澜不惊的状态了。于是他刚刚送走一个“情伤小妹妹”，又迎来另一个“情伤小妹妹”，然后他就在中了魔咒般的死循环里一遍遍受伤一遍遍疼，像个十足的受虐狂。

直到不久前出现的“情伤小妹妹五号”，我才在他处理这事的态度上看到了好的转机。

这次他没有把进程推得那么快，反而处处踩着刹车。一天晚上，他发短信问她在干吗，她回复说在翻阅一本前男友送的书时，他的思维方式马上发生了质的改变，第二天就明确向她表达了“不再交往”的决定。

我为他鼓掌，他终于学会了快刀斩乱麻，学会了拒绝再度成为“临时疗伤站”。

那么，为什么有一类人，总是容易沦为别人的备胎呢?

我想，这其实跟这类人自身的性格有关。

比如，故事中的这位大哥，温柔又细心，谦逊又随和，貌似对谁都很好，简直就是个24K大暖男。

他很容易同情别人，而这又多么符合那些在“情伤沼泽”里苦苦挣扎的小妹妹们的心理需要……于是乎，如果不奔入这个“知心大哥哥”的怀抱里取一下暖，好像就浪费了这么好的资源似的。

嗯，我真怀疑他是不是揣着一颗白衣天使的心，是不是潜意识里把自己塑造成了拯救万千悲情少女的情圣——换句话说就是：你所遇到的人都是你自己吸引来的，自己是包子就别怪狗老惦记你。

而就算有幸遇到一个真想跟自己好好相处的人，过度的热情和随和也不见得是什么好事。你身边应该也有那种性格开朗真诚、很好相处的姑娘吧?男生刚接触她们的时候，或许会被她们身上的好品质所吸引，但时间久了就会发现：这姑娘貌似对哪个男的都挺好，甚至称得上是“奔放”。然后她们就被抛弃了，男生还不好意思说自己吃醋、觉得没有安全感，只留下一句“你是个招人稀罕的好姑娘，但我们不合适”——可这些姑娘呢，往往还不知道自己是咋“死”的，觉得自己莫名其妙“被备胎”了一段时间……

嗯，这就跟“老好人”招人烦是一个道理。所以，对别人好可以，但一定要有分寸感，要对不同的社交角色有程度上的区分。

还有就是，在亲密关系里容易妥协、逆来顺受、没有自己原则底线的人，容易沦为备胎。

这类人最突出的一个表现就是，太好说话，对恋人似乎没有任何要求，给对方一种“你对我好是一种贵重的赏赐，你对我不好我也不会不高兴”的感觉。

于是，当“情伤小妹妹”们需要找个肩膀靠一下时，那位大哥慷慨地敞开了温暖的怀抱；而当她们取暖完毕打算离开时，他又大度从容地伸开双臂轻易把她们放走，还不忘附送一个勉励的表情，好像在说“不用对我感到不好意思，我没事……”嗯，就连翻云覆雨之时对方赫然叫出前任名字这种事他都能忍，竟还好脾气地安慰起来，他作为恋人的尊严，在哪里？作为男人的尊严，又在哪里？

无底线的宽容就是放纵，没原则的善良就是愚蠢。

所以我们就明白了，为何有些蓝颜总是无法“上位”，只因他们在情感上先把自己摆到了蓝颜的位置，并表现出一种安分于此、毫无野心的样子。

或许他们也曾鼓起勇气表白过，可一旦没有被对方态度明确地接受，他们自己就㞞了，彻底放弃了进一步争取的决心，又因为害怕失去留在心爱之人身边的机会，“抢答”般给出解决问题、化解尴尬的“最佳方案”：我们还是做好朋友吧，嗯，很好很好的那种——而一旦摆出这种态度，就意味着你在明知对方不会跟你恋爱的前提下愿意继续对她们好，甚至是无条件的好。这就像一纸隐形的不平等契约，自你默许的那一刻起，就注定要心甘情愿地“割地赔款”，且再无翻身的可能。于是，他们眼巴巴瞅着自己喜欢的人跟别人谈情说爱，等对方受伤了向自己哭诉取暖，然后再元气满满地去恋爱，再伤心地回来寻求安慰……

嗯，总被欺负的人一定是因为太好欺负。不懂得拒绝当备胎的人，注定只能为别人专业备胎三十年。“你不选择我，我就没必要继续对你像对恋人那样好”，这不是道德品质问题，而是原则性问题。

虽然爱情应该基于自由，但你并不是慈善组织，你的情感世界也不是公共厕所，没必要容许任何人随意出出进进。

如果你一直没勇气或者不好意思拒绝一些东西，那就永远都不可能得到你真正想要的东西。

当然，在备胎中还有一种情况是，自己在喜欢的人身上投入了过多感情，对两个人关系的发展走向缺乏客观理智的评估，以为自己早晚有一天能感动对方。甚至，即便知道对方绝无接受自己的可能，仍不甘于自己的付出，死活不愿放手。

对于这种没事找虐的人，我只想说：也真是活该呢。

路都是自己选的，SM在我眼里也算是一种值得尊重的个人喜好，但，如果决定犯贱，就请心无旁骛地享受犯贱，记住别喊疼噢。

如果不是想犯贱，只是想趁年轻玩把情怀，那地球上两条腿直立行走的高级灵长类动物这么多，我们换个人，好不好？

除了以上几种“天然型备胎”，还有两类“种子型选手”，也极其容易在交往中缓缓滑向备胎的位置。

一种是自身条件问题，可能外表太平凡（我真是个善良的人，嗯……），或者没有什么特别吸引人的地方，总之跟爱慕者在很多方面都有着较为明显的差距。因为综合素质不高，所以始终达不到“转正”的标准，只好一直备着。

这类备胎该适当地强化“自知之明”（不是讽刺人的意思），看到并承认自己的不足，然后想办法有针对性地补足短板，或者另辟蹊径。

比如，无法用脸取胜就补充自己的内在，锻炼自己成为一个内心坚韧、丰富有趣的人；不够性感就开始好好健身、护肤，培养属于自己的穿衣品位……总之，你要让你喜欢的人在你身上看到“亮点”，让对方知道你不甘只做一名备胎，为了获得Ta的青睐，你正在切切实实地做一些让自己更加美好的努力——这无关谁在取悦谁，而是只有当你成为更好的人，你才能获得更多的机会——即便这机会最终可能还是给了他人。

另一种则是不懂得在相处中保有最后一点儿神秘感。想想看，如果一个人刚刚对你产生了一些兴趣，你就被喜悦冲昏了头脑（或者也是性格使然，自我展示欲望过于旺盛），一股脑儿把自己的面子里子都铺散开给对方看了个清清楚楚……你以为这是一种极致的“坦诚”，不想却被对方迅速看穿，随即只剩味同嚼蜡的无趣空虚之感，对方不去迷恋“更新鲜”的人，不把你当成可有可无的备胎才怪呢。

所以，如果不想过早被判定出局，不想过早让人对你丧失兴趣，那在表现自己的时候，不妨收着点，永远为自己预留百分之三十的神秘。

要知道，未知的，才是最吸引人的。

没那么多神秘怎么办？要懂得为自己谱写精彩续集，创造更多的神秘，让对方觉得跟你在一起总是能体验到新的有趣的东西，一旦离开你就会错过什么（关于如何在感情中不断丰富自己、维持新鲜感，我在上一本书里已经分享很多了，这里不再赘述）。

总之，希望备胎们都能落得善终，要么早日华丽逆袭“转正”，要么换个对象大展拳脚，再不济，也要备出水平自得其乐——始终没有办法让自己变开心的备胎，不是好备胎。

即便只是备胎，也要确保自己不漏气！

要不，换我追你吧

她留着长发，戴一副金丝框眼镜，走路总是小心翼翼的，说话也是轻声细语的。每次向同事请教问题，她都要在自己的工位上纠结、犹豫好久，直到给自己打足了气，才硬着头皮无声无息地晃到别人身后，再站上好一会儿，等对方发现她的存在，她才一脸谦卑且十分不好意思地说：“对不起，我可不可以问一下……”

嗯，起初大家都觉得，这个新来的小姑娘家教好好噢，好有礼貌噢，可时间长了才发现，无论大事小情，无论跟谁说话，她一开口总是那句“对不起，我可不可以……”

说实话，很多人都感觉好累——尤其是她对面工位的那位同事。甚至后来已经发展到，只要察觉到她悄悄抬起头瞄向对面，在她需要进行一整套心理活动才能起身之前，他就早早隔空发话：“不用再说对不起，什么事，直接问……”

没错，她就是那种很典型的“乖乖女”，从小就被教育“女孩子要顾及淑女形象，一言一行都要温婉矜持”。所以，从上学到参加工作，她永远是最循规蹈矩的那一个，一丁点儿出格的事都没做过——这当然包括，她从来都没谈过恋爱。

可她毕竟已经二十三岁了，还是有自己喜欢的人的。那个人是她的男同事，只不过跟她不在一个部门。

他是个性格爽朗的阳光大男孩，个子高高的，穿很大码的鞋，酷爱打篮球，饭量很大，爱逗别人笑，严肃认真的时候却又有些帅帅的……她差不多一入职就喜欢上他了。

她不敢声张，生怕自己的心思被别人看了去——可是，喜欢一个人，哪里是藏得住的？每当他到她的部门送文件，办公室里的人都偷偷瞄向她，那副满脸通红、想看还怕被发现的小表情真是可爱死啦！

其实，大伙是有意撮合他俩的，甚至，她对面的男同事有时都忍不住给她提供情报："你知道吗？今天中午打球的时候，他突然跟我提起你，说你身上这条裙子好看，特有气质！"

可她呢，也不知道是因为太害羞了还是太激动了，竟然一丁点儿反应都没有，只愣愣地瞅着对方，又很快移开视线低头工作，好像他说的事情跟她完全无关似的……

非但如此，她竟然开始刻意回避他了：他来她们办公室，她就装不知道，埋头苦干；她在走廊里遇到他就低头装没看见，匆匆忙忙跑过去；开多部门会议时她就扭头看向别处，坚决不跟他对上眼；就连由他经手的案子，她都不太想参与……面对她的一系列反常表现，有女同事猜测，没准儿他俩私底下已经好上了，所以才故意在公司里佯装保持距离，毕竟是女孩子嘛，脸皮薄，怕大伙取笑她……

而正当所有人都打算不说破、不揭穿，继续默默旁观这份“幸福”时，之前的猜想在一个多月之后被打破了——他竟然被刚刚入职不久的美女内勤“拿下”了。

噢，原来大伙都想错了。那对男女的恋爱关系在一片唏嘘中匀速稳定地发展着，而我们的金丝框眼镜小妹妹，则整天一副魂不守舍、黯然神伤的样子……

好可惜啊。其实那个男生对她是有好感的，只是还没等这份好感站住脚，她就立马摆出一副欲迎还拒的扭捏态度，给对方一种“她是不是讨厌我啊，不然为啥总躲着我”的感觉，完全提不起展开追求的心气了。如果她能勇敢、直接一点儿，哪怕她不“倒追”，也有希望把对方对她这份稚嫩的好感发展成“非你不可”的强烈的喜欢——更何况，他们公司女多男少，竞争好激烈的！不主动些怎么行！

而我的另外一个朋友，最近又失恋了。但跟前面的金丝框眼镜小妹妹完全相反，她将近年来在感情中的两次失败归咎于自己当初太主动，并发誓此生再不“倒追”。

我感觉自己跟她的关系还没那么近，有些话自然也不方便跟她讲太多……在我眼里，她真的是好作噢，三天两头就跟男友耍脾气——她有没有想过，她之所以经常被甩可能跟她主不主动追对方无关，而只是跟她自己的性格有关……

我现在有点儿希望她能看到上面的文字受到启发，又有点儿害怕她承受不了无法直面自己，内心陷入了痛苦的纠结——嗯，我真是个机智又仁慈的耿直Boy……

是的，虽然现在的“情感专家”几乎是一边倒地提倡千万不要“女追男”，但我还是觉得，“谁先追谁”和“最后谁甩谁”好像还真没什么因果关系，主动追别人又主动提分手的人不计其数，满大街也到处都是那种足够矜持可最终还是被甩的人……更何况，现实生活中也有很多“女追男”的成功例子呀。

“不要女追男”的忠告似乎受封建旧思想的影响比较严重，殊不知，在唐朝武后时期，女权主义达到极致，当时的女性思想非常开放，“女追男”的现象十分普遍——而你们是活在21世纪的新女性，不是整天把“男女平等”挂在嘴边吗？咋一遇到“究竟该由谁来开启这段感情”的问题就㞞了呢？

我还觉得，“太快得到的东西不会被珍惜”这句话，本身就是为了迎合男权主义而存在的，且下意识把女性物品化了——而更可悲的是，有相当一部分女性将这句话奉若神祇，在心态上接受了这种“隐形契约”。

感情应该是相互、平等的啊，关系的成立也是基于双方自由意愿的，正因如此，结果也是自由且不可预测的。为什么要有“女人就一定要被男人甩”这种预设呢?

且在我看来，这句忠告其实只是一种“消极应对”，更像是说给那些本身资质一般、不懂得男女相处之道、不懂得精神独立、无法把自己的生活过得精彩丰富、不懂得在相处中制造新鲜感的女性听的。就好像，老师为了敷衍功课差的学生，告诉他“既然你成绩不好那你就别做那么多练习题了，省得累到脑子，你就老实呆着别惹事就行了”，而没有站在积极的角度告诉大家“即便‘被得到’了，也该在今后的相处中保持勤奋和良好的状态，想办法不断丰富自己，让对方保持想继续跟你在一起的欲望，从而更加珍惜你——而不是一劳永逸，消极怠工，等着被甩”。

关于如何在感情中实现精神独立、制造新鲜感、保持吸引力，我在上一本书里已经交代很多了，恕不赘述。我并不是在提倡每个女生都必须要修炼成“女神”，但至少要学会该怎样与人亲密，找到自己的优势，为自己创造更多的优势。换句话讲，就算你无法左右别人对你的重视程度，但可以通过努力让自己变得更值得珍惜——这一点，你是完全可以掌控的。

其实，最好的爱情是相互吸引，没有“追”和“被追”，两人一拍即合，自然而然就走到了一起。所谓的“追”，只不过是一种套路，一种仪式。如果一个人内心对你没有好感，你再怎么追都是没用的，也很难萌生“想跟你恋爱”的那种好感；即便一个人是被你追到手的，也只能说明他本来就不讨厌你，随着相处的时间长了，越来越喜欢你，最后实在端不住了，从了——说到底，最关键的还是彼此是不是都对对方“有意思”。

嗯，只要两个人能“看对眼”，走到一块儿，能创造“大于一人份的开心”，就好了。谁追谁不一样呢，何必计较这些缺乏现实意义的细节。

而一段感情能否稳定，能否走得更远，取决于彼此性格是否合适，人生观、价值观、爱情观是否相似，有没有共同的生活愿景；取决于相处中各自的质量和心态；取决于给对方的感觉，是否能探索出舒服的相处方式——甚至还取决于各自受到的外界刺激和影响。

所以，如果你是个懂得为自己续写精彩的人，恰好也是对方喜欢的类型，对方又是个对感情认真、心意稳定的人，那无论是他追的你，还是你追的他，他都会珍惜你。

“出招”之前，希望你能摆正心态：女生追男生，并不意味着“没羞没臊”，而该被理解成一种对自己内心负责的勇敢举动（甚至它是正常的，没什么大不了，我该拿掉“勇敢”二字）。它只是一种平等的邀请——我是女生，我承认我喜欢你，想跟你在一起，这并不丢人。我只是在表达我的心意和喜好，至于你要不要跟我构建一段亲密关系，请随意。

保持好自己的姿态，即便你是展开追求的一方，也并非一定就是“弱势”的。不要急，别自乱阵脚，也别自己先行站到了低三下气、任人宰割的位置。你的一切表达和努力，不是为了博取他的爱或同情，而是为了获取和他相处的机会。好好地向他展示你自己：积极，努力，自信，善良，有趣，热爱生活，偶尔有怪想法……只要有心，你会发现，你可以展示的东西远比自己预想的要多得多。

如果对方接受了，你要搞明白他目前的情感状态，对这个人的人品、性格、对感情的态度有个初步的评估，别中了“不主动、不拒绝、不负责”的“情伤男”“空窗男”的下怀。别见了帅哥就智商归零，别有了爱情就得意忘形。

如果对方没接受，千万别摆出一副“我都这么喜欢你了，你干吗给脸不要脸”的架势，别因为对方的不同意而要死要活——那是情感绑架，即便得到也不是爱。

也别因此质疑自己。亲爱的姑娘，永远不要因为一个人的拒绝而判定自己不够好。其实在绝大多数情况下，你什么问题都没有。只是有些不凑巧，你不是他喜欢的类型罢了。而人生还长，你总会碰到和你相互喜欢的人。

总而言之，快扯掉旧思想的裹脚布吧！即便你是女生，如果你真的很喜欢一个男生，主动一点儿，其实也没什么。“男女平等”不该只是一句空喊的口号。

别把自己先行放到“感情弱者”的位置。恋爱不是一劳永逸，消极怠工的人只能等着被甩。无能的人才喜欢把自己的“被甩”归咎于“当初太主动”呢。

你要知道，能碰到有趣的、让自己心动的人，其实并不容易，概率很低，这一秒你不把握，下一秒可能就没机会了，到时候该有多后悔。就算失败了，毕竟也为自己争取过了，不会留下遗憾——可万一成功了呢，对吧？

找个能让自己经常笑的人在一起

他至今都记得她第一次在他面前哭的样子。

那是他们初次见面，都是被朋友攒局喊来的。周末一伙人一起去游乐园玩，在过山车项目上迟迟不走，除了恐高的他和她，其余人都一口气玩了三次。

闲着也是闲着，他们就有一搭没一搭地聊了起来，从童年经历聊到好友糗事，又从求学岁月扯到明星趣闻，不知不觉间，两人热络了不少。

他还陪她玩了一会儿打地鼠，她反应慢，一个人对付不来，他就上前支援，一人一把锤子猛劲儿砸，一只地鼠都没漏掉，完全没意识到过往游客因为他俩的尖叫声而纷纷侧目。

玩累了，她看见不远处有冰激淋在卖，就提议给大伙儿每人买一支。两人拿着冰激淋往回走的时候，他发现她左脚鞋带开了，就让她站住，把手里的四支冰激淋也交给她，然后蹲下给她绑鞋带——顺便把另一只鞋上没开的鞋带也重新绑了，说怕她绊倒。

她双手捧着七支冰激淋，像根木头桩子似的杵在那儿，看着眼前这个高大斯文的男生蹲下来认认真真地给自己绑鞋带，有点儿措手不及，又有点儿难为情，心里却哗地淌过一股暖流。

他们把冰激淋分发给终于算是玩尽兴了的“过山车发烧友”，大家边舔边七嘴八舌地讨论接下来该去玩哪个项目，经过举手表决，少数服从多数，目标锁定卡丁车。

而在向卡丁车转移的时候，她走在“大部队”最后，他回头看她，发现她低着头有些不对劲儿，就跑回去问她怎么了——他怎么也没想到，她竟然哭了。哭得喉咙哽住，哭得梨花带雨，跟个小孩儿似的。

而哭的原因是：前男友也蹲在马路上给她绑过鞋带，她突然想起了过去的种种。

“你看过最新版的《倩女幽魂》吗？刘亦菲那个版本的。”他递给她一包纸巾，突然这么没头没脑地问。

“嗯？”她忽闪着泪眼，愣了一下，接过纸巾，接着说，“嗯……看过。”

他撇了撇嘴，叹了口气，没说什么。

他一卖关子，她就好奇了，掏出一张纸巾擦了擦眼泪，问：“看过又怎么了？”

“唉……里面有句台词，不知道你有没有印象——‘对不起，又让你想起了我’。”他又叹了口气，突然郑重起来，转过身面对着她，继续说，“现在套用一下这句话最合适不过了——对不起，我不小心又让你想起了他。”然后摆出万般懊悔的表情。

没有一点点防备，她就这样被他逗乐了，好像方才并未想起伤心往事一样。

而为了“赔罪”，也为了哄她，他那天错过了自己最想玩的卡丁车，又陪她玩了会儿抓娃娃。

在游乐园门口分手时，他又逗她说：“不过……买冰激淋的时候给你系的鞋带，吃完冰激淋才想起来感动加难过——你的反射弧也太长了吧？”

她又羞又恼，随手打了他后背一下，连忙说：“谁感动了？我才没感动！”

那天过后，他发现自己好像喜欢上了这个单纯、真实的女孩，瞧她哭得那么伤心的样子，自己的心都软了，好想马上抱抱她，再轻轻拍拍她的脑袋，告诉她再哭眼睛就肿了。

他通过朋友要到她的微信号，加为朋友时验证申请填的是“再测一下你的反射弧，看你多久能通过”。她猜到是他，就通过了。

他开始讲很多笑话和有意思的事给她，还时不时关心她一下，就她朋友圈里发的某张照片发表一系列看法，常常把她逗得前仰后合。

两颗心越靠越近，“5·20”那天，他们终于正式确定了恋爱关系。

随着交往的深入，他渐渐发现，她的泪点真的很低。

比如，有天一早她在电话里随口说了句“想吃油炸臭豆腐”，他就真的买了双人份，站在她单位门口等她下班出来——他觉得自己不过是尽了男朋友的本分，为她做了一件小事，可她竟然为此感动到流泪……嗯，他一边哄她，一边在心里默默地想：真甜蜜啊。瞧她哭的样子，多可爱，多招人疼。我一定要好好爱她。

再比如，有一次他买好了票，到她家接她一起去看电影，明明已经提前两个多小时通知过她了，可她还是花了很长时间用来洗头、吹头、化妆、搭衣服，让他在楼下等了好半天，结果赶上了交通晚高峰，到电影院的时候影片已经开演二十多分钟了，差一点儿就不让入场了……期待已久的大片看得半半拉拉，出来后他没忍住就嘟囔了一句“唉，谁让你磨蹭个没完”，她听完，立马抽抽搭搭地哭了起来，惹得行人用怪异的目光看着他们。她委屈地说他竟然因为这点儿小事就责怪她，他说他没怪她，只是抱怨一句而已，她却越哭越厉害，连他递的纸巾也不接。他想起孙红雷结婚时说的那句“无论她有多大的错，从她开始哭的那一刻，就是我错了”，心就软了，立马诚恳地向她认错，然后带她去吃好吃的。

刚开始他心想，小女生嘛，没事哭哭鼻子，也满可爱、满招人疼的。可后来，她的泪点“屡创新低”，让他越来越困惑了：

他感冒了，工作一天回家，浑身特别难受，连澡都没洗，她在微信上嘱咐他别忘了吃药，早点儿睡觉，他回了个“哦”，就上床了。还没睡着，她打了电话过来，一接起来就听见她在那边呜呜地哭，把他吓了一跳，连忙问怎么了，她说：“我那么关心你，你怎么能只回个‘哦’给我呢”。

他去她家做客，往沙发上坐的时候没注意，压到一个中小型史迪奇毛绒公仔。她端着果盘从厨房出来，一进客厅就“呀”的大叫一声，放下果盘冲过去一把把他推开，把史迪奇搂在怀里就开始哭：“你怎么这么狠心呢，还往它身上坐，难道你忘了这是我们第一次见面那天你给我抓上来的娃娃吗？它有特殊的意义，没想到你这么不珍惜。”

她去看他的微博，在一条微博下留言。他平时不常上微博，根本不知道，结果因为他没有回复，她说他无视她，根本不在意她的感受，遂哭之。

她跟同事闹别扭，在他面前诉苦，说着说着就委屈地哭了，他一顿哄，语重心长地给她讲了一大堆人际交往的道理，还有很多内心深处的体己话，希望她以后多注意哪些方面，可听完这些，她哭得更厉害了，还说他嫌弃她，拐着弯儿批评她、骂她……

以至于后来，他在她面前的一言一行都十分谨慎，要拿捏好态度、语气，不能唧歪、敷衍，否则稍不留神，她的情绪就会急转直下。

每次他都会哄她，可时间一长，她好像变得越来越不好哄了，他越是哄，她越是哭得变本加厉。

久而久之，他的心境也渐渐产生了微妙的转变，每到她哭的时候，对她的态度也发生了变化：

——“别哭了宝贝，都是我的错，惹你生气了，你哭我也难受。”

——“怎么又哭了，我没有那个意思。眼睛该哭肿了。”

——“又哭？别哭了行吗？好吧！哭吧哭吧，哭个痛快！”

——“哭哭哭，你就知道哭！”

……

嗯，她有时候一天要哭好几次，他觉得自己算是个很会开导、安慰别人的人了，可面对这个爱哭的恋人，他用尽了所有温柔、耐心甚至是“套路”，还是拿她一点儿办法也没有。

后来他开始厌恶，只要她一哭，他就不再说话，努力压抑自己的怒火，把她安顿好后立马抽身，眼不见为净。

她察觉出恋人对自己的冷漠，可还是改不了爱哭的毛病，反倒拉杆扯旗，为自己找了N多借口：

——“别问我怎么了，有时候我也不知道自己怎么了。你自己去想。”

——“我来大姨妈了，难免会情绪失常，你没看网上说的吗，这个时候杀人都不犯法。”

——“我昨天在微博上看到一句话，完全是我心里的意思，很有必要念给你听：一定要非常享受我威胁你闹你的时候，因为那个时候我最爱你。”

——“男生如果珍惜自己的女朋友，她哭了他肯定会各种着急，哭多少次就哄多少次，除非他变心了。”

——“好吧，我明白了。你分明就是不爱我了！你不用管我，让我哭死算了！反正跟你也没关系，你也不会放在心上！”

……

每当她这样说，他都哭笑不得，觉得她简直是越来越莫名其妙了。

有天一早，她打电话过来，语气怪怪地问："你有没有什么想对我说的话？"

正在收拾公文包的他被问得一头雾水，但还是灵机一动，试探性地说："宝贝我很想你，早上忘记给你发消息说早安了。"

"除了这个呢？"

"嗯？除了这个……"他一手拿着手机，另一只手把一个厚厚的笔记本塞进包里，又望了一眼书桌，确认没有忘带什么，然后说，"你能给点儿提示吗？我有点儿糊涂。"

"那你可真够糊涂的。昨天是什么日子？是我们的纪念日！你竟然一点儿安排也没有，完全抛在脑后了。你知道吗？我昨天特意从单位早退，回家洗头搭衣服，连送你的礼物都准备好了，可你根本都没和我提这茬儿，我一直等一直等，结果就等来晚上你发给我的'晚安'两个字……"她越说越进入状态，如他所料地哭了起来。

"原来是这样，瞧我这脑子！这件事是我错了，公司最近在赶一个重要项目，我最近都忙疯了，确实没顾虑到我们的纪念日。是我对不起你，让你失望了。你别哭了，回头我们补回来——就这周日吧，要是周六能成功拿下项目的话，领导肯定会发奖金，到时候我带你去吃大餐！好不好？”

“补回来？纪念日怎么可能补回来？日期过了意义就不一样了，你以为我就想吃你一顿大餐？别拿工作当借口，你分明就是心里没有我！”她提高分贝，在电话里哭得更大声。

他把手机从耳朵拿开，看了下右上角显示的时间，又对她说：“你要是非这样想，我也没办法。我要迟到了，今天还开早会。我先挂了，你哭够了也赶紧去上班。周日我们补过纪念日。就这样吧。拜拜。”然后挂了电话，把手机扔进公文包，拉上拉锁，叹了口气，出门去上班。

他刚上出租车，她就又打来电话，他按掉不接，她还打，他只好接听。

一成不变的哭声，还夹杂着抱怨、委屈，他把通话音量调小，生怕被司机师傅听了去。

“你别这样了。我挂了。”

“你别挂！你怎么这么狠心！”

他突然觉得好累，不想多说什么，只沉着嗓子告诉她：“好，我不挂。今天路况不好，我大概得二十分钟左右才能到单位，你掌握好时间。”然后就不再说话，只默默举着手机，听她在电话那头哭。

几分钟过后，她的哭声止住了。他这才说话：“完事了？比我预计结束得要早。”

电话那头不说话，但传来很大声擤鼻涕的声音，伴随着一两声大哭过后的喘息。

“看吧，哭够了自己就擦鼻涕了。”他小声嘟囔。

“你说什么？”她好像没听清他的第二句话，连忙问。

“哈哈哈，没什么，我瞎讲的。你也快收拾收拾出门吧。”

周日上午他去她家楼下接她，说好了先去游乐园打地鼠、抓娃娃，然后去吃旁边新开的那家韩餐馆。

她扎着马尾，化着淡妆，穿了桃红小衫和白色短裤，很清爽。一见面她就冲过来拥抱他，高兴得把荧光黄的小瓢鞋踏得哒哒响，好像从来没有不开心过一样。

他在她额头上轻轻吻了一下，然后一只手牵着她的手，另一只手揣在裤子口袋里，往游乐园方向走。天气很好，他的心情也还不错，偷偷地想：或许真的可以好好过一个快乐的纪念日。

“你为什么不和我说话？”她突然站住，使劲儿扽着他的胳膊问。

“连续加班一个礼拜，有点儿累。”他转过身子解释道，然后又觉得有些不妥，急忙补充道，“再说了，平平淡淡才是真。我们都在一起这么久了，即便不说什么，看到你我就已经很开心了。”

“狡辩。”她甩开他的手，自己往前走。他无奈地慢慢跟在后头，隐隐担心自己方才对今天的预期，不敢凑过去继续招惹她。

走了一会儿，她又停下了，也不回头，就站在那儿，好像是在等他。

他走过去抓住她的两条胳膊，把脸亲昵地搭在她的肩膀上，轻声问：“怎么了？”

也就一瞬间的事，他感觉到她的小身体在抖动，耳边传来熟悉的啜泣声——嗯，她又哭了。

他放开她，从她身边弹开，然后一脸失望地想：好好一个休息日，看来又泡汤了。

“明明就跟以前不一样了。”她边哭边说。

他两手插进裤子口袋，低头默不作声，用脚碾着地上的石子。

“你看，你连话都不愿意跟我讲了，都不再为自己辩解了！”她突然激动起来，冲他哭吼。

他把脚下的石子踢出去，正好崩到跟前的金属路灯杆上，发出一声悦耳的脆响。他抬起头看着她说：“憋回去吧，你的眼泪不值钱。”

她完全没想到他会说出这种话，明显傻了两秒，然后只好气急败坏地扑过去，以此缓解自己的难堪。他伸出两手抵住她的双肩，使她无法靠近，然后皱着眉头、沉着嗓子说：“别张牙舞爪的，你闹够了没有。”

她感觉出来，这次他是真的发火了，只好立马安静下来，仍很夸张地抽着鼻子，每抽一下，头就跟着上下微晃，并用那种混合着失望、委屈、怨恨和倔强的眼神，狠狠剜着他。

“你知道吗，你每次哭，我心里其实都很生气，芝麻大的一点儿小事，有什么值得哭的呢？难道开开心心在一起不好吗？我感觉自己好像不是在谈恋爱，而是在照顾一个整天只会吱哇乱叫的不懂事的小女孩——对不起，我真的哄累了，不想再哄了。”

她攥着两个拳头，青黑色的血管从雪白的皮肤表面透出来，身体绷得僵直且在微微颤抖，仍仰头瞪着他，咬着下嘴唇不说话，眼睛也不眨一下，不知是想认真听他讲完，还是在努力组织反驳他的语言。

“在你面前我总是小心翼翼，生怕哪句话说错了哪件事做得不好又让你不开心了。你动不动就山洪暴发，一会儿哭一会儿笑，你自己倒是好了，像什么事都没发生过一样，却没想过这些事对我的影响、对咱们之间感情的影响。我做不到像你一样把那些不痛快的事彻底‘翻篇儿’，你可以说我小气，怎么说都成，但我就是忘不了。现在一看到你，我就想起之前你摆的那些脸色，那一出出哭戏——你也千万别说你经常哭是为了我，是因为你爱我多么多么深。我不想要这样的恋爱，我不想自己的好心情平白无故地被你毁掉……”

他一口气说了很多很多，好像把长久以来压抑在心底的话全都掏出来了，说得她一愣一愣的。

面对他的“控诉”，她竟无言以对。

他们就这样分手了。两人一共交往了十七个月零四天半。

女人遇事爱哭，而男人讨厌女人哭，这其实都是很正常的现象，是由男女思维模式的不同导致的。

女人是感性思维，总是急于表达自己的内心感受，尤其在遇到不开心的事情时，往往会不加克制、不计后果地放纵自己的情绪，把所有委屈、伤心、期待及各种悲观的想法都倾泻出来，以此引起对方的重视，获取相应的安慰。“哭”其实只是她们排遣自己内心压力的一种方式，并不承载更多意味。且大多数时候，只要她们把心里的不痛快发泄完，就会恢复正常状态，忘记之前的不愉快，重新快乐起来——甚至不需要再去关心“如何解决问题”。

而男人是理性思维，往往只想着评估局势、解决问题，自己碍于颜面习惯隐藏感受，因此也不待见对方表达的情绪，没有意识到女人的“哭”只是一种自我解压的方式，而是将其误解为“她之所以冲我哭、冲我发脾气，是在责怪我，质疑我是否有能力处理好这件事情、胜任这段关系”，或者，将对方的情绪爆发定性为“对我男性尊严的挑战”“这是在故意作给我看”——面对女人给出的“信号”，男人会尝试修复关系，以此证明自己具备让女人满意的能力。但当女人频频在其面前哭泣，男人会认为自己的尊严和能力在屡屡遭受挑衅和否定，便产生厌烦、抗拒、逃避甚至是“记仇”心理，不再积极解决问题，而是开始考虑是否该结束关系，抽身出去。

所以我们看到，恋爱中，很多女人虽然会猛烈抛洒负面情绪，却并未放弃对爱情的坚定，反而把自己的痛感合理化为“爱之深切”的佐证，发完脾气依然爱着对方，且希望对方同样爱着自己；但男人似乎很容易被女人的负面情绪所影响（即便表面看起来岿然不动），很难像女人那样在“快乐”和“悲伤”两种模式中灵活切换，还把女人的眼泪看得更具意义，并对此“耿耿于怀”——而当这种持续压抑着的“被刺痛”积攒到一定程度，男人就开始重新审视这段亲密关系，并且开始偏离爱的轨道。

这是两方面的问题，要想解决它，在两种性别思维中达到平衡，需要男女双方共同努力。

作为男人，或许该尝试更简单地看待女人的哭泣，只把它当作对方发泄情绪的一种需要、一种方式——就好像，有的人心情不好时会吃东西、睡觉，有的人则会通过购物、看喜剧电影等方式进行自我调节——无论是什么行为，都只是一种方式，不必偏激地解读它，也别把女人的眼泪视为对自己的责怪。

然后，尽量换位思考，温柔一些，询问对方哭的原因和此刻内心的感受，别厌烦斥责，也别吆五喝六，即便做不到圆妥安慰，也应温暖陪伴，耐心等对方释放完内心的忧伤。

而更高阶的做法是，将计就计，顺势卖萌——“不许哭啦，哭了会变丑，我会伤心的”“你哭个屁啊，有大爷罩着你呢”“你再哭，我也哭噢”等等，都是不错的选择。

总让女人哭的男人，是不值得爱的男人。但总在男人面前哭的女人，也是不可爱的女人。别总抱怨自己被人甩、没人爱，你仔细看看自己，身上还有什么可爱之处？

所以，作为女人，别太玻璃心，也别小题大做，即便遇到了不开心的事，也不要只顾着抛洒自己的情绪，该适当顾及下对方的感受。

想哭的时候不妨问问自己："我哭了有什么用呢？会有什么后果？能解决问题吗？"如果你足够成熟理智，你会回答自己："除了图个一时痛快，好像也没什么用，眼睛肿，嗓子疼，妆白化了，无形中给对方施加了心理压力，自己的形象也大打折扣，很可能被对方暗暗贴上'不成熟''不懂事''矫情''太作'等标签。"——往更严重了想，经常哭泣会打破心理平衡，形成一种情绪惯性，给自己和别人的身心带来伤害，弄不好还可能患上抑郁症——那就太糟了。

真不是所有男人都喜欢娇弱爱哭的林黛玉，很多男人其实蛮害怕女人哭的。虽说"一哭二闹三上吊"是代代相传的"革命法宝"，也别动不动就祭出这个杀手锏，否则只会让对方习惯了，麻木了，不在乎了——这跟"狼来了"的故事是一个道理。

聪明的女人懂得让自己的"金豆子"保值，把眼泪用在影响关系升级或转折的重要节骨眼上，而不是日常相处中的鸡毛蒜皮上。

既已成年，无论男女，都该学会做个情绪稳定的人，用别人能接受的方式来表达自己、解决问题，这样关系才能和谐、愉快地发展。

不是只有经常哭才能证明你正在爱、爱得深。好的爱情应该是让你经常笑啊。

别闹，我想和你好好的

越害怕分手就分得越快。

我们……这算分手了？

男朋友已经十多天没联系她了，最近的一次约会也是三个礼拜之前。

起初她觉得，可能是他最近刚换了工作需要重新适应业务和人际关系，实在太忙了，顾不上自己也情有可原，正好可以趁机出演下体贴懂事的角色，省得让他心烦。可等了四五天，对方还是一个电话、一条微信也没有，她心里就开始犯嘀咕了，一次次跑到他的朋友圈里去看，最近什么都没发，微博上也一副荒废掉的样子。

她刚想打电话过去问一问，突然想起上次约会时是自己擅作主张选的电影，一部国产浪漫爱情片，他好像很不喜欢看，全程都有些不耐烦的样子……他不会是因为这个在跟自己怄气吧？以前自己也是假装兴奋去陪他看他想看的《钢铁侠》和《变形金刚》的呀……呵，可真够小气的，竟然为了这点儿小事就闹脾气，她就是一直以来给他太多好脸色把他惯坏了——好，就这么僵着，看谁憋得过谁！

她越想越气，立马打消了主动联系对方的想法，下了“如果他不主动跟我说话，我就一直不理他”的决心——虽然她还是忍不住一遍遍去看对方的朋友圈和微博。

就这样魂不守舍地又过了两天，她几乎就要忍不住打电话过去问个究竟了，可每到“冲动”之时，心里都有个声音在告诉自己：千万要忍住！这次一定要跟他血斗到底！否则被他掌握了心思套路，以后就更惨了，他就更不把你当回事啦！

嗯，她就这样怒瞪名为“我家欧巴”的联系人页面两秒，然后使劲戳了一下“返回”键，锁屏。然后，她大大地叹了口气，心里不禁庆幸自己又一次凭借理智战胜了冲动，真是个自控力越来越强的好姑娘。过了一会儿，她觉得还不痛快，又偷偷为他修改了联系自己的“最迟期限”：我就再等你一天！我不相信二十四小时之内你还不联系我！

然后对方就真的一直都没有联系她……

直到第九天，她内心积聚的不安终于突破心理防线，慌里慌张地拨通那个号码，可就是没人接，她几乎听完了整首《棉花糖》彩铃。她心想，估计他是去开会了，手机调成了静音，或根本没带在身边。于是她每隔一两分钟就打一次，耳边响起的依旧是那熟悉得不能再熟的旋律：“你就是我心中的棉花糖/甜蜜的梦想/彼此牵起的双手/谁都不要放……”

就在她打第七通电话时，彩铃很快中止，随即是冰冷刻板的“您所拨打的电话正在通话中……”提示音。她彻底慌了，再打过去，依旧被拒接。她又到微信上给对方留言，上来就是一句“你这些天为什么不联系我？怎么不接我电话？”对方依旧没有反应。她不再打字，而是发一串串语音过去，说着说着竟不由自主地急哭了。可对方丝毫不为所动，一个字、一个表情符号都没回，且很快就跳出一段灰框白字的系统提示：阿尔卑斯TM开启了朋友验证，你还不是他（她）朋友。请先发送朋友验证请求，对方验证通过后，才能聊天。

她怎么也想不到，朝思暮想的男朋友，竟然就这样把自己删了……

她不知道男朋友新单位的地址，只听他说是一家新成立的贸易公司。她跑到他的出租屋，跟他合租的室友说他已经搬出去一个多星期了，住进了公司的宿舍，没人知道确切的位置。

她红着眼眶跟他的室友道谢，轻轻关上房门，出来后眼泪就唰地流下来了。她在泪眼蒙眬中掏出手机，对方依然不接电话，无论打多少遍都是那句该死的“您所拨打的电话正在通话中……”

她不得不愣愣地承认，原来他把自己的手机号码也拉黑了。

心头一紧，她突然产生一种好像被全世界抛弃了的感觉。她太难过了，也顾不上脏不脏了，身体靠着楼道缓台的墙壁一点点往下滑，蹲在那里小声啜泣了起来。

之后的两天，她用老爸的、同事的、闺蜜的手机和两处公用电话亭给他打过，头两回对方接了，听到她的声音后又立马挂断。后来，他一看是陌生号码，索性直接拒接并拉黑了。她委屈极了，不知道自己到底犯了什么错，以至于让他这么绝情地对待自己，连一句话都不愿意讲。

第二次用公用电话打过去，他终于还是接了，她本来告诉自己千万不要哭的，可一听到他吐出的那个“喂”字，她就再也控制不住自己了，哭得连话都说不完整，断断续续地问他现在在哪里、到底怎么了，电话那头先是沉默，然后突然插话似的说了句“别哭了，你不觉得烦吗？你怎么就不明白呢？”

烦……怎么就不明白呢?

她刚想追问他是不是喜欢上别人了，为什么会觉得烦呢，听到他又说了句“不说了，别打了”，然后就又把电话挂了。

她再打就打不通了。

他再也没有联系过她，从她的世界里彻底消失了。她不知道事情为什么会发展成这样，即便过了很久，也依然想不通对方到底想让自己明白什么。

她设想了很多种可能，悲伤的，玩笑的，欲言又止的，言不由衷的……可由于始终没有从对方口中得到确切的答案，她宁愿相信“他是被非法传销组织控制了怕拖累自己”“他是想独自拼搏两三年混出样子再回来娶自己”，也不愿意承认“他有了别的女人”“他就是不爱我了”……

嗯，像这样莫名其妙的分手过程，在生活中其实并不少见。有的还比较“循序渐进”，会预设一个逐渐冷漠的过程；有的却毫无征兆，像一首钢琴曲戛然而止，让人想不通，缓不过神。

那些“消失的爱人”通常以男人居多，他们或是为了保全某种莫名的自尊，不愿意面对自己无力掌控亲密关系的失败局面，不愿意让对方窥探到自己内心的软弱和退缩；或是为了掩饰自己变心、出轨的事实，不想扮演“薄情者”“负心汉”的角色，于是便和恋人有预谋地玩起了“捉迷藏”，上演一场神秘的“人间蒸发”。

更有甚者，即便自己想甩掉对方，也绝不会直接提出分手，而是以各种明知对方难以接受、会引发矛盾的方式把对方逼疯，再等对方自己“滚蛋”，以此逃脱分手的“责任”，免于背负骂名。

可偏偏，绝大多数女人在感情中都尤为注重“仪式感”——开始时要有确定恋爱关系的告白，结束时也要亲耳听对方说出那句“我们分手吧”——否则就好像缺少了应有的信号和交代，显得不够明确和完整。

也正是由于这种“不明确”和“不完整”，如此被甩的女人们本着对爱情的执着和乐观，出于感性多思、犹豫不决的本性，往往觉得事情尚且存在回旋的空间，期待着“柳暗花明”的局面出现——这种得不到回应的，绝望中似乎还裹挟着一丝希望的，“求生不得，求死不能”的感觉，最是磨人。

而“开不了口”的拖拉和逃避，事实上只会加剧分手的痛苦，让自己心中产生一种并不好受的愧疚之感，也让对方在爱情的空壳里迷失、恐惧。

何苦如此。

所以，从这个角度来看，该为那些承认不爱者鼓掌，感谢他们的坦诚，避免了多少敷衍、欺骗和对方错误的持续付出；也为不追问者鼓掌，感谢他们的自尊，避免了多少徒劳无功的争吵和毫无意义的难堪。

是的，在分手这件事上，最好的心态莫过于：无论我们的关系走到哪一步，但愿我们之间始终保持坦诚。真的不爱了也没有关系，那是你的自由，只要是真话，我都有能力承受；只要没有欺骗，我便心存感激。

嗯，既然一起拥有过那些甜蜜，就该认真处理道别啊。

你 多 遥 远 ， 我 多 想 念

她是在网络游戏里认识他的。她级别低，选的种族也不善于战斗，平日就到处遛达，采采草药，捡捡矿石，炼成药水和武器，再摆摊卖掉。

那天她误闯了一块从来没去过的区域，远处有一棵特别稀有的高级草药，她站在城墙上观望了一下，茫茫沙洲上只有一些大块头的、爬行缓慢的蜥蜴，她觉得应该没什么危险，就迫不及待地冲了过去。可刚从一只蜥蜴旁边跑过，她立马就后悔了：蜥蜴头上显示的级别数字竟远远高过她，完全超出了她对这款游戏怪物级别设定规律的认识。而更要命的是，这些大块头显然并没有她想象中的那么迟钝，一旦进入可攻击范围，它们就纷纷转身调头，挥着爪子摇着尾巴，屁颠儿屁颠儿地向她蹿了过来。

也就一眨眼的功夫，她就被三只大蜥蜴围攻了，它们轮番用前爪挠她，很有节奏感的样子。她全力反击，频繁发动攻击力低到可怜的法术，对怪物的伤害微乎其微，自己的“红条”和“蓝条”反而大幅消减；口袋里的一千多瓶“红”和四百多瓶“蓝”被迅速消耗；“回城

符”用光了，忘买了，想抽身都没辙……正当她努力挥舞着胳膊腿儿，绝望地望着远处那朵光华绚烂的沙漠之花时，他骑着一条白色的飞龙出现了……

嗯，他几乎是不费吹灰之力地救了她，三下五除二就把那几只该死的蜥蜴砍死了，法术的效果很华丽，声效也很悦耳——也是第一次，她突然对这个头上长俩犄角、身穿铠甲、手持板斧的“肌肉男种族”产生了莫名的好感……而且，她还发现，他的级别竟然都破百了，简直是“大神级”的玩家啊！

然后，他邀请她同乘，她点了拒绝，打字跟他说：“我要去采那朵花。”

“在这儿等着。”

她看到，他骑着那条白龙不紧不慢地飞向那朵花，十分轻松地干掉了几只挡道的蜥蜴，再悠哉游哉地回到她跟前，把那朵花卸在地上，让她捡。

她刚捡好，还在想该打一行怎样的字来感谢他的“仗义出手”，就看到他在左下角的对话框说：“这回可以上来了吧？”

那天以后，她玩那款游戏的时间从每天二十分钟逐渐增加到至少一个半小时了。她还是到处采草药，挖矿石，只是这回她再也不用避开那些看起来很吓人的怪物了，想去哪儿就去哪儿，因为有“牛大哥”带她玩耍带她飞。

他常带她去各种景色秀美神奇的地方，山顶，云端，峡谷，海底，很多区域她都是第一次去，兴奋地吵着要截图留念，他就配合，有时陪她在一块好看的大石头上一坐就是半个多小时。

她也开始把自己炼的药水和武器慷慨地送给他，起先他不要，直言说东西级别太低了，用不上，还占地方，她就连续发委屈的表情，把东西往地上一放，转身就走。他拗不过，就连蹲十几下一顿捡，再回城存放到小库房里……

他们越聊越投机，越玩越开心，他把她拉进了自己的帮派，当着一众玩家的面介绍说“这是我老婆”，第二天还选了一处风光异常梦幻的地界，在游戏里为她举办了一场盛大的婚礼……

嗯，她又手忙脚乱地“咔咔咔”一顿截图，生怕错过天空中闪现的心形烟火——心里还真的有些激动呢，好像自己真的已经瞒着父母偷偷嫁人了似的……

他们互加了QQ、YY和微信，还互留了手机号，即便不玩游戏，只要有空，就天南地北地聊东扯西，好像总有说不完的话。

如你所料，他们开启了一段像模像样的网恋：早安，天气预报，穿衣提示，向对方汇报行踪和三餐内容，讲自己遇到的好玩的事，睡前情话，晚安……正常情侣该有的彼此关心他们都有，甚至更私密、更细致。她真的很开心，每次关掉聊天对话框，挂掉他的电话，她心里都美滋滋的，一遍遍回味他打的那行字所包含的情感和意义，一遍遍根据他的声音和语气想象他的音容笑貌和一举一动——甚至，她没事就写他的名字，苏锐，苏锐，这两个笔画并不复杂的汉字一遍遍出现在手账上，草纸上，公司院子里长凳处的泥土上，清早公交车蒙了雾气的玻璃窗上……她想，他应该跟他的名字一样，是个尖锐又风趣的男生，剪着利落英气的发型，有着又粗又浓的眉毛，皱眉的样子有点儿严肃有点儿酷，下一秒却又眨了下左眼，笑得好像春暖花开了……

她不止一次地提出想看看他的照片，哪怕只是开视频通话看一秒也成，可他总是义正严词地回绝，还语重心长地讲出一堆道理来，比如“我相信我们都不是那种‘外貌协会的人’，除了外表，我们更爱彼此的内在，那才是决定两个人能不能一直走下去的东西”“我不难看，还有点儿帅，这你放心。我觉得你也不会磕碜，就算你很丑很丑，我也不会嫌弃你的——你看，我都不在乎你长啥样”“我们还是不要这么早就破坏这种美好的神秘感，你不觉得现在的感觉其实挺好的吗？彼此都有一点儿想象和憧憬的空间，我们早晚会见面的，在那之前心里都预留一份期待，可能更利于我们一直走下去——你想想，留到那时候才看对方长什么样子，多惊喜啊……”

后来她也觉得，如果再提这样的要求，好像自己就会被归类到肤浅、不懂事的人群里去了……嗯，那就再忍忍吧。

他们相距实在太远了，一个在南方中等发达的地级市，一个在北方名不见经传的小县城，中间隔着千山万水，要想见一面，哪有那么容易。

这遥远的相爱进行到第五个月的时候，圣诞节临近，马路两边的商铺纷纷亮出带有圣诞元素的装饰物，花花绿绿的主题促销海报也都贴了出来，好像一切都提前了似的，就连情侣们也都提早进入了互围围脖手牵手的甜蜜模式——可她为什么就是高兴不起来呢，就连这座常年无雪的城市为了配合节日气氛也洋洋洒洒地下了两场雪，她都不觉得新奇。

圣诞节一早，他寄给她的包裹如期而至。她拿在手上掂量来掂量去，挺大，却不沉，拿剪刀打开，一个憨态可掬的棕黄色大熊毛绒玩具，意料之外，却也毫无新意。她把它摆在床边，转身瞥见纸壳箱子里还有一张类似结婚请柬样式的红色卡片，翻过来，上面写着几句万变不离其宗的祝福语，用的蓝油笔，字迹还算清秀工整。

她读完叹了口气，靠着床沿坐在地板上，愣愣地盯着落款处被圈在爱心里的“老公”二字看，感觉周围好安静，突然心里一酸，默默地哭了出来。

那是她第一次因为他哭，她几乎全程带着哭腔，在电话里请求和他见面，他慌了，一个劲儿地安慰她，并最终向她许诺，一定会想办法弄到票，赶在元旦过去看她。

她停止了哭泣，抽纸巾擦擦眼泪，一下子又开心起来，连叫了他好几声“老公”，感到特别幸福，兴奋，紧张——还有点儿得意。

据说他花了大价钱，好不容易才从黄牛手里搞到票，又迷迷糊糊地坐了近二十个小时火车，终于在元旦次日抵达她的城市。

她穿了件新羽绒夹克，还特意买了站台票，在人群里伸着脖子，踮着脚，完全顾不得什么淑女形象，扯着嗓子告诉电话里的他自己正站在出站口方向指示牌下面，穿着显眼的橘红色外衣。有个高高大大的英俊男人迎上了她的视线，她在心里尖叫了一声，兴高采烈地向那人使劲挥手，就连身后有人拍她肩膀，她都没意识到。直到看见那个英俊的男人跟一个长发美女拥抱在一起，她才缓过神儿来，扭头看见了穿着蓝色羽绒服的矮矮的他。

怎么说呢，虽然他不算难看，但好像跟“英俊”这个词也没太大关系……卷发，戴着圆框黑边眼镜，双眼皮，圆脸——看起来像极了台湾主持人纳豆。其实她心里蛮失望的，但又不好表现得太明显，毕竟人家是应了自己的强烈要求，坐了那么久的火车大老远跑到这儿来的。

就在那一两分钟内，她进行了剧烈的心理活动，靠他以往的细心和风趣，还有自己对他那份心心念念的爱，她迅速抚平了心中的大部分失落，故作亲切地跟他拥抱、寒暄起来。

他不仅外表酷似纳豆，性格也很像，还没走出火车站，他已经讲了两个笑话了。好在，也确实都挺好笑的，嘻嘻哈哈间，异地相恋了好几个月的两人，确实也有了种“一见如故”的感觉。

那天他陪她看了一部她非常想看的电影，吃了顿必胜客，又在商场里转了一会儿，他为她买下一个她很喜欢的小音乐盒，她也买了一个帆布包送给他。

离开商场的时候，他突然问：“你今天能不回家吗？”

她立刻摆出那种很警惕很鄙视的表情，态度坚决地说“不能”，并甩开了原本牵在一起的手。

已经很晚了，他送她回家，在小区门口又问了她一次，说他好不容易折腾到这儿来，想让她好好陪陪自己。她依旧不干，半开玩笑似的反问：“你把我看成什么样的人了？”

他又抱了抱她，只能失望地看着她一层层上楼，楼道里的声控灯次第亮起。

他只能在她的城市逗留一晚，事先搞到的票是第二天上午的，两人再碰面已是早上八点多了，一起简单地吃了个早饭，就又匆匆忙忙地往车站赶。

临上火车前，他伸开双臂要抱抱她，她却不好意思地扭捏起来，最后只勉强地让他轻抱了一下。他拍了下胸前装着的她送的帆布双肩包，说自己很喜欢很开心，有可能会不舍得用。她“切”了一声，说：“不过一个包而已。”

她问下次什么时候能再见到他，他不知道怎么答，支吾了好一会儿才挤出一句：“我争取早点儿再来看你，到时候多陪你两天。”

“好。”她抿抿嘴，低下头，不知道为什么就掏出手机看了下时间，此时火车站的广播里正好传来提醒旅客上车的催促声，她推了推他，让他赶紧上去。

火车刚一开动，她就转身走了。心里有点儿不舍，却又莫名有些轻松。

那次见面之后，他们依旧保持着风平浪静的异地恋关系，每天一起玩游戏，聊QQ、微信，打电话，偶尔还来一次视频通话，过得很开心。

但也总会有不开心的时候。这些“不开心”密集发生在她的两位同事正式开启一段办公室恋情之后。他们不知收敛地在所有人面前狂秀恩爱，无论是传递文件时明目张胆的隔空亲吻，还是开会时不动声色的眉目传情，都对公司里的单身男女造成一千点精神伤害——当然，也包括正处于异地恋之中的她。

她和那两位同事同属一个项目组，一直以来也很要好，所以，即便有心避开这对“秀爱狂魔”的“强力辐射”，她也不好意思打破项目组的六个人每天中午在食堂坐到一起吃饭的习惯。有时她也想刻意屏蔽掉一部分“甜蜜的伤害”，但自己的注意力却又鬼使神差地集中到那两个人身上，反而更容易地捕捉到他们相处的种种甜蜜细节。

他在进门时偷偷牵了下正要去洗手间的她的手；她去领导办公室汇报工作，路过他工位时丢给他一块德芙心语巧克力；今天吃午餐时他们在桌子底下一直牵着手（男生是左撇子）；他跑到她旁边，小声跟她说下班后陪她去逛街，她笑得很开心；昨天下午他们在楼梯间里接了个吻，亲了好半天；他换了件新衬衣，正是前阵子她叫自己帮忙在网站上参考挑选的那一款……

她心里有种说不出来的憋屈感，明明都是些跟自己无关的事，自己也完全不喜欢那个男生，却还是忍不住嫉妒似的在意。每当心烦气躁之时，她都会给自己异地的男友发条消息，有时是在微信上敲一句“想你了”，对方回一个爱心的表情，她又觉得有些无趣；有时是跑到洗手间打个电话，对方却迟迟不接，接通后她又没好气地质问道："你在干吗？以后不许这么慢才接我电话！"

更可怕的是，虽然办公室恋情的男主人公根本不是她喜欢的类型，她却下意识地开始拿他跟自己的异地男友做比较：个子比他高，身材也比他好一点；说话声音也比较好听吧，暖暖的，酥酥的，不紧不慢的，不像他，只会语气夸张地讲些荤段子，不说话时嗓子偶尔还会发出奇怪的"吭吭"声；穿衣品位其实也不算差，即便是休息日过来加班穿得比较随便，也总比他见我那天穿得像样儿——瞧他那双鞋，奇丑无比，那个双肩包更是中学生款，唉，也不知道他领没领会我故意买个新包送给他的良苦用心；办公室这俩货虽然恋爱半个多月了，但也就牵牵手、亲亲嘴，应该还没上过床吧？共事这么久了，感觉这家伙也还算是个正人君子吧，不至于那么猴急——不像他，见面第一次就想和我那个啥，看那场电影的时候手也不老实，在我大腿内侧摸摸搜搜地，脑子里是不是整天只想那种事？下流！恶心！

他们开始频频在电话里吵架，吵的点主要包括："你就不能主动点儿，多给我打几通电话吗""我不是让你早起、早饭、上班、午饭、下班、晚饭、睡觉都向我请安吗？你做到了吗？这很难吗""谁让你充点卡给我买那些装备了？一个游戏而已，值得往里面砸那么多钱吗？有什么用""你到底什么时候再来见我？上次不是说好了要带我去那家海洋馆吗？别总说什么'车票贵、请不了假'之类的，我还不值那点儿车票钱是吗？你根本就是觉得我不够重要”“你要是在那边有人了就直说，没什么大不了的，何必装成一副很爱我的样子，不累吗”“呵呵，我需要你的时候，你都在哪里啊？跟我说这些有什么用？能当饭吃？”

……

吵得最凶的一次，他有两天多没联系她，她又气又慌，不得不厚着脸皮打电话过去委屈地说：“好了好了，是我错了，我不该冤枉你冲你发脾气……我只是太想你了，希望你能在我身边……既然你忙，那下个礼拜我去看你吧，我去省城坐高铁，会比较快——你不用担心我，我会注意安全保护好自己的……”

然后她就真的“杀”过去了。即便对方以关心为由进行各种劝阻，即便对方信誓旦旦地承诺最晚下个月就来看她，她还是等不及了，近乎偏执地提前订好了往返车票。

两人再见时，与上一次已时隔七个多月。他的穿衣品位依然很差劲，上身是一件荧光绿的无袖篮球服，前胸后背都印着硕大的黑色数字“13”，下身是一条满是褶皱无精打采的卡其色工装短裤，脚上穿着一双灰头土脸的洞洞鞋——她只看了一眼，就想象出了鞋里面湿乎乎的脚汗和臭味，然后站在车站的台阶上倒吸了口凉气。

他好像也没有表现出她预想中的那么热情，反应慢半拍儿似的接过她的背包，问她一路上是否顺利，又干笑着抬起胳膊指了指东边的方向，说那儿有几家小宾馆，他们这儿地方小，一共就那么几家，都集中开在那边。

她疲惫地跟着他走，又听他继续说些“那天帮派组队打BOSS，你咋没来呢？爆出好多宝呐”“昨天下了场雨，今儿一晒就干了”“咱俩有多久没见了？就算你不来的话，我也真打算去找你呢”之类的无关痛痒的话……她懒得搭腔，就“嗯”“啊”地回应，他突然停住脚步回头看她，神秘兮兮地让她别动，然后从皱皱的工装裤口袋里掏出一小包同样萎靡的打开过的心相印纸巾，取出一张给她擦脸上的汗，她正要抢过纸巾自己来，他却顺着脖子一路擦到了她胸前，她傻了，完全想不到他竟如此毛手毛脚，立即打开他的手，问他干什么。

在陌生小城脏兮兮的、被晒得粘脚的柏油马路上，伴随着廉价纸巾那甜腻、夸张的香气，她涨红着脸，用眼睛狠狠地剜着眼前这个原本让自己朝思暮想的恋人，突然觉得特别失望。

久别的重逢并不美好，他们大吵了一架，前半段在大街上，后半段由于他顾及颜面，转移到了一个相对僻静的小胡同里。她几乎是用咆哮的语气谴责他在两次见面时的种种不轨行径，质问他是不是只想找个发泄性欲的对象，根本就没想过要和她好好谈恋爱。他不屑地笑了一下，摊开双手问：“我究竟干什么了？至于你这样吗？我们是男女朋友啊，难道不正常吗？我也是男人啊，我也有欲望啊，你干吗刚一到这儿就因为这点儿事跟我发神经！”

“什么叫‘这点儿事’？你说我发神经？是啊，我可不是发神经吗！”她气哭了，扯着嗓子接着说，“我不发神经的话，能大老远跑到这儿来吗！我究竟图什么啊我！就为了看你这个不要脸的死变态？”

她看得出，这回他真的生气了，眉毛拧得就快竖起来了，他刚要发话，手机响了，他瞪了她一眼，从工装裤口袋里掏出手机，然后诡笑了一下，十分得意地想到了强力反击她的方法——把手机屏幕展示给她看。她定睛看着来电待接画面上清清楚楚的“老婆”二字，眼神从吃惊转为愤怒，又很快黯淡下去，盛满浓郁的悲伤。

有一瞬她觉得自己突然丧失了其他感官，只听见他用那种十分嚣张的语气，一气呵成地说：“没错啊，我是交了新的女朋友，已经快一个月了，是我的学妹，还跟我住在同一个小区，刚开始的时候我没想这么干的，是你总疑神疑鬼地跟我吵逼我的。你的‘伟大预言’终于实现了，我和她在一起很开心，这回你该满意了吧……”

心好痛，像被钝击了一样。

她并未在他的城市逗留，而是一把从他肩上抢过自己的背包，咬着嘴唇强忍着眼泪，立马折返回火车站，买了最近一趟的车票——她只想尽快离开这个鬼地方。他没有追上来，她坐在简陋嘈杂的候车室里，努力压制着自己的情绪。她掏出手机，塞上耳机，想给自己放首欢快的歌听。《睫毛弯弯》，确实也足够欢快，可是当听到那句“气氛好浪漫/需要你陪伴”时，她再也端不住了，眼泪像决堤的洪水一样冲了下来。

她再未跟他联系。这场持续一年多的异地恋就这样轰然落幕。

虽然生活中也不乏情比金坚、修成正果的异地情侣，但不得不承认，绝大多数的异地恋情最终都怅然收尾，给有情人留下许多伤心。

这到底是为什么呢?

我想，异地恋之所以容易“死”的主要原因是，双方缺乏真实的相处。

就拿前面故事中这对因网络而结识的异地情侣来说，在他们一年多的恋爱过程中，真实相处的时间总共也不过十几个小时，其余的绝大多数陪伴都只通过移动社交手段来进行，这样的相处方式本身就是一种不全面的、甚至存在虚假成分的相互展示，使他们看不到对方身上具体的性格特点和生活习性，等于在无形中屏蔽了很多不完美的、对个人形象不利的一面——所以，异地恋情侣很容易将对方过度美化，爱的往往只是自己脑中编织的形象，而非真实的人。而一旦两人真的见面相处了，就会发现很多东西根本不是自己预想的那么回事，心里难免失望、幻灭，甚至开始后悔。

其次，异地恋情侣总是下意识地强调“自己正身处于一段异地恋”，太在乎两人之间的物理距离，导致不断夸大自己的孤独感。很多人都会像故事中的女主人公一样，在目睹其他情侣相互依偎或临近特殊节日时，觉得自己特别孤单寂寞冷，然后就忍不住怨怪对方为什么不能陪伴在自己身边。

往更深了说，异地恋的情侣大都还喜欢“未雨绸缪”，在心里刻意夸大“异地相爱”的不稳定因素，反复辨证“对方是否足够爱我”“异地恋是否靠谱”“对方是否能忠贞不二”“这段感情到底能不能坚持到最后”“自己有没有可能被欺骗、被伤害，还毫不知情”“我是不是不能坐以待毙，该提早另谋出路，给自己多加一道‘保险’，以防措手不及……”嗯，很多问题都是自己想出来的，一旦有了这些可怕的念头，你总会有本事吹毛求疵地找出对方“不够爱”“爱得不牢靠”的证据的。

这些“证据”常常成为异地恋情侣们发生争吵的诱因，甚至成为少部分出轨行为的导火索……是的，虽然柏拉图式的爱情强调“爱高于性”，但事实是，绝大多数的人还是做不到安分地守着一份没有性的爱情，心里还是想要啊——所以，有些人开始顶着这种特殊的“心理压力”，给自己杜撰好一整套合理化借口，在对方看不到自己的“天然优势”下，纷纷怀着“有点儿愧疚”“些许紧张”“十分刺激”的复杂心情偷腥，甚至恬不知耻地觉得……相比之下，这样好真实，好爽啊！

嗯，如果抛开道德批判，仔细想想的话，其实这就是最真实的人性，最无力反驳的人之常情——就好比，假如你已经饿了好多天了，一个近在眼前、唾手可得的窝窝头，和一桌千里之外的满汉全席，你会怎么选？

所以你看，异地的恋情往往“易得难守”，双方因为各种微妙复杂的小心思而相爱相杀，一顿瞎折腾，原本高高擎起的“柏拉图大旗”逐渐变得千疮百孔，相爱的两人最终不欢而散。

那么，异地相爱的人到底该怎样做，才有可能将这段恋情坚持下去呢？

我的建议是，见面的频率不要过低，尽量多找机会陪伴对方，通过真实的相处增进对彼此的了解，照顾好彼此的心理和生理需求。要确保自己爱上、爱着的是那个真实的人，而不是自己的想象，这样才有利于感情的实质性发展。否则，爱情只会慢慢演变成一种虚幻的折磨。如果实在无法经常见面，就尽量选择语音通话和视频通话，避免只是纯文字的聊天——文字是抽象的、没有语气的，在谈论事情时很难准确地表达情绪和意图，极易产生误会，引发争吵。

聊天的内容也要考究，尽量保持平和、愉悦，避免开启容易产生不同看法、造成争辩的话题，不吃醋，不质疑，不问不该问的蠢问题，不说让对方对这段关系感到不安的话，不让对话陷入尴尬，不给双方留下争吵的伏笔——简而言之，你可以试想一下：如果你跟自己的异地恋人三次通话都聊得很压抑、很不愉快，难道你还想主动打过去或者期待对方打给你吗？我这样说，你一定就知道该怎样做了。

也不要只是追求交流的次数，而要保证聊天的质量和效果。多向对方分享自己遇到的有趣的、有意义的事，在表达想念的同时多畅想一下两人共同的未来，让对方知道你在享受当下的异地恋，且在不断丰富自己，为来日的相聚做着准备，并没有因此感到乏味、迷惘和焦虑。要让对方觉得，每次跟你聊天都有趣、有感觉，气氛是和谐的，精神是愉悦的，并产生一种“没聊够”“期待再聊”的感觉。

【这一段只给男生看：女生的思维模式偏于感性，容易在头脑中产生画面感，且十分注重感觉。根据这一点，男生在聊天时可以用一种“情境模拟”的语言技巧来弥补无法经常伴其左右的亲密感缺失。比如，告诉她你昨天去吃饭的那家餐厅，门口小黑板上主打的招牌菜是什么，装修风格、环境气氛是什么样的，菜品的色香味如何，觉得她一定会很喜欢，以后一定要带她来吃；再比如，说自己最近可能是太想她了，昨晚又梦见她了，你们手牵着手在街灯柔和、梧桐飘香的夜巷里散步，然后你买了一束玫瑰花给她，又带她坐了摩天轮，在城市绚丽壮观的夜景面前温柔地吻了她，然后她对你说了一句什么话……嗯，总之叙述要细致，要便于视觉化，突出对氛围和感觉的渲染，最好把她的生活习惯和喜好也综合进去，增强代入感，促使她产生强烈的心理暗示，好像真的跟你有过那样的现实经历——虽然事情其实根本没发生过，但她会获得一种心理上的愉悦和满足，从而对这段感情更加坚定。（我不是教你花言巧语、耍手段，而是想让你在实在无法给予真实陪伴、感情需要稳固升温的重要阶段学会开窍和触类旁通，照顾好对方的心理需求，让异地恋的相处更有质量）】

此外，极为重要的一点是：彼此要有坚定的信念。这种信念可以源自共同的约定，比如，给出一个明确的期限，多久之后两人能真正走到一起，结束这种异地关系。要有“我们”的目标，要让对方看到未来的希望。要让这颗带有确切目标的种子生发成安全感和无形的保障。很多异地情侣就因为缺乏明确的目标，一方态度模糊，摆出左右为难、听天由命的态度，或是草率承诺又不去努力履行，心中觉得亏欠，最后却选择逃避；另一方信以为真，靠内心的幻想和羸弱的期待度日，孤苦伶仃，忍受煎熬，相见之日却遥遥无期，最终热情枯竭，感情崩盘。

对于“异地”，也不必太当回事。要明白，人在哪里并不重要，心在一起才是最关键的。在相聚之前，分头为美好的未来打拼，好好照顾自己，过好眼下的生活，就是在为这段恋情“立功”。孤独落寞之时不妨问问自己：没恋爱之前你一个人不也好好的吗？怎么一恋爱就变矫情了？是不是自己一不小心夸大了孤独感，使两人之间的相处变得敏感、不适了？

同时，千万别当“侦察兵”，要全心全意信任对方，别动不动就问“你在哪里”“你跟谁在一起”“你在干吗”“你是不是有异心了”，无论异地与否，其实这都是两个人交往中十分忌讳的事。也别指望对方一天二十四小时随时跟你汇报行踪，每天的“早安”和“晚安”其实也没那么重要，即便起初对方能根据你的要求按部就班、定点打卡，时间长了也还是会腻，会烦，会觉得累。泛滥的关心只能说明你对这段感情缺乏信心，过度的紧张只能让你在表达自己时乱了阵脚，而这些负面的讯息都会被你亲自传达给对方，并对其心态造成影响——如果两个人都没了信心，乱了阵脚，那感情还如何能好？

没有经历过异地恋的人，或许无法体会那种既特殊又微妙的甜和苦。异地恋或许有些辛苦，但只要意念坚定、彼此信任，找到了让彼此都舒服、愉悦的相处方式，有一个明确、可行的共同目标，一切也就变得不再艰难。

无苦何甜？能同你一起捱过寂寞磨砺、冲破种种不利，最终出现在你面前的恋人，或许更为牢固、更为可贵吧。

祝相恋愉快，愿你们的心时刻紧贴。

你好像一点也不想我

“早安。”

“嗯。”

“亲爱的，你在干吗？”

“跟朋友踢球。”

“我有点儿头疼。”

“趴一会儿。”

“想你了。”

“乖。[笑脸]”

……

她无聊，翻看微信里跟男朋友的聊天记录，越看心里越不舒服。

不知从什么时候起，男朋友对她不再像刚开始恋爱时那么热情了。她不约，他就不出来跟她见面。虽然两人在一起时也很甜蜜、和谐，但只要各回各家，他就像人间蒸发了一样。每次聊天都是她主动，他好像从来都没有主动给她打过一个电话、发过一条消息——就好像，完全想不起来有她这个人似的。

这不，又是这样子。距离大前天傍晚六点多分开，他又有六十多个小时没有联系过她了。她像往常一样，起初沉浸在见面后的喜悦里，把他当时的每一个表情和说过的每一句话像反刍似的回味几遍——这差不多够她开心大半天了。可当那种甜蜜感像潮水般退去，她就像个跟别人走散了的、只身站在夜间沙滩的孩子，从这一望无际的死寂中逐渐领受到强烈的焦灼和孤独。她开始不高兴，无论做任何事都能想到他，脑袋忍不住去猜测他此刻正在干什么、跟谁在一起——以及，会反复纠结一个问题：他有没有跟我现在一样，也在想着我？

但他的现实表现继续让她大失所望。持续的安静，厚实的沉默。他好像被监禁了，断绝了跟外界的所有联系。又或者，那是一种被对方深深爱着的自负和高傲，目中无人，岿然不动，好像主动跟女朋友说一个字都是“掉价”的表现，就等着对方率先伸出橄榄枝。

而她也真是沉不住气。虽然每次都暗下决心这次一定要等他先和自己说话，但在“思念”这味催化剂的搅合下，心中的担忧和猜忌迅速发酵，生成的高浓度不安屡屡冲破她的心理防线，最后先跟对方说话的总是她。她明知道这样不好，有可能会把男朋友惯出脾气来，但她就是没办法超过三天不联系他。

她不想再陷在这样的“死循环”里了。眼瞅着就要临近“七十二小时大限”，她努力压抑着自己乱成一锅粥的心绪和想要立即拨通他电话的冲动，做出一个无比艰难甚至有些悲壮的决定：再等一等。

为了确保“再等一等”计划不再搁浅，她毫不犹豫地答应了同事彤彤的晚饭和KTV邀约。

“我不会占用到你和男朋友约会的时间吧？”彤彤试探着问，眼神中有微妙的意味。

“没事！谈恋爱也不能总腻歪在一起啊，偶尔冷落他一次，不打紧！”她打肿脸充胖子似的回答，好像生怕被别人知道男朋友已经快三天没联系过自己了。

彤彤想买一盏台灯。晚饭前两人去百货商场里逛了好半天，向来缺乏主见的彤彤感觉每一款都不错，不知疲倦地左看右看，还不断地问她觉得哪一盏更适合自己家的装修风格。

她也想专注地提供意见，却不知为何总是忍不住看手机。刚开始手机还装在包里，只是总忍不住一次一次拿出来，然后再失望地放进去，后来她索性把手机攥在手上，动不动就按亮它瞅上一眼。

“你有别的事吗……如果不方便，那改天你再陪我过来选好了，反正我也不着急。”看出端倪的彤彤识趣地说。

“啊……没啊！只是……有人在微信上不停跟我说话，就瞅几眼……”她慌里慌张地解释道。

“哟，男朋友吧？这么会儿不见就想成这样？”彤彤用不怀好意的语气跟她开玩笑。

“额……嗯。”她顺坡下驴般承认，还假装娇羞地轻轻掐了一下彤彤的手臂。

根据她给出的综合意见，彤彤最终买下了一盏欧式灯笼花形蕾丝台灯，灯罩边沿缀着精致的流苏，十分雍容华丽。两人就近在商场里的一家馆子吃了饭，回转火锅的热气腾腾和急迫感成功将她“再等一等”的过程又拉长了一个多小时。

从百货商场里出来时已是七点多，“七十二小时大限”在不知不觉中被冲破了。那一刻她突然觉得特别委屈，内心仿佛承受了一件不可思议的事。她用力按了一下锁屏键，把手机狠狠扔进包里，又快走两步，强颜欢笑地跟彤彤走向那家常去的KTV。

虽然她已经故意往歌单里多加一些节奏欢快的歌了，但有些事情就是猝不及防，她怎么也想不到自己唱完南拳妈妈的《香草吧噗》之后，屏幕上会紧接着出现五月天的《突然好想你》。

“我的我的我的！”正在喝饮料的彤彤立马放下杯子，着急忙慌地过来夺走话筒。

于是她就呆坐在沙发上，鼻子发酸地听完了整首歌，努力压抑着想哭的冲动——嗯，不得不承认，彤彤唱得真挺好听的。

拖着满满当当的伤心，回到家已经将近九点。她无精打采地掏出手机，按亮之前，心中似乎还残存着一丁点儿星星之火般的期待，却也在看到平静无它的待机画面的那一刻被掐灭。她再也憋不住了，倒在床上哭了起来。其间手机响了一声，她赶紧满心欢喜地迅速打开来看，却只是手机管家推送的一条广告。她把手机摔在床上，伸手抽了张纸巾擦擦眼泪，突然想起什么似的又拿起手机，十分熟练地迅速点进男朋友的微信朋友圈。

网速缓了一下，正当她打算失望地按下返回键时，画面一闪，蹦出一张她没见过的照片。

是他在遛狗，配文是“新买的夜光项圈，妞妞乐坏了”。

发布时间是十七分钟前。

虽然也知道不该拿自己跟狗比，但她还是忍不住吃醋——他能想起来给狗买新项圈，怎么就想不起来关心我一下！

带着满腔怒气和失望，她似乎终于有“理由”向他“一探究竟”了。她迅速回到对话框，瞬间敲了几个字发过去：“你干吗呢？”

等了快二十分钟才收到对方的回复：“看球赛。”

她盯着这三个字看，方才的种种情绪仿佛又被怼了回去，一时间竟不知道该说什么好，就呆呆地捧着手机，期待聊天区域上方会出现“对方正在输入……”的字样。

可是没有。她又发消息过去：“你最近工作很忙吗？”

等了半天没有回复。他应该是在专注地看球赛吧。

那一晚她睡得很不踏实。

次日一早，她约他下班后一起吃晚饭。他依旧热情、周到，跟以往见面时一样。她看着认真吃饭的他，忍不住心想：这份热情和周到是不是他装出来的？如果他内心依旧像从前那样爱着自己，为何不见面的时候会那样冷淡？

“你昨天怎么没回我消息？我问你最近工作忙不忙来着。”她喝了一勺白贝汤，故作轻松地问。

“嗯？”他后知后觉般抬起头，又一脸从容地说，“昨天看球赛看到很晚，靠在沙发上睡着了，就忘了回了——不好意思。”

他给出的解释听起来合情合理，让她挑不出什么毛病来。

“哦。”

虽然她没多说什么，但表情明显不高兴了。

“你是有什么烦心事？”许是终于从压抑的气氛里察觉到了什么，他小心地问，眼神倒也诚恳。

她暗自苦笑：我的烦心事不就是你吗？

“你……要是平时能多联系联系我，就好了——我是说，主动给我打个电话，发个消息什么的。”她终于把长久以来不好意思说出口的话吐了出来，然后叹了口气，抬头迎上他的目光，期待着他的反应。

“就这个？”他笑了，好像听了什么逗趣的事一样。

“嗯。”她面无表情地看着他。她也知道，或许自己的“要求”太没出息了。

“好，那我有空的时候多打给你——你可别嫌烦噢。”

但情况并没有好转多少。除了当晚睡前他发来的晚安表情和次日早上那句单薄的“早安”，他似乎并没有太多话想对她说。

她继续苦等。越不想再去计较“男朋友又有多久没跟自己说过话了”，眼睛越忍不住去瞄时间。

又是浑浑噩噩一整天。下班后她刚到家没多久，终于等到了男朋友的电话。她按捺着心头的狂喜，气定神闲地按下了接听键：“喂？”

“嗯，我刚下班……在公交车上。”他的声音混在公交车到站的语音播报里，听起来有些疲惫。

“哦。有事吗？”她假装满不在乎地问。

他似乎被问蒙了，沉默了两秒。电话里传来乱七八糟的嘈杂声。

“没事啊，就上车了，刚好有座位……你不是让我没事打给你吗？”他语气里有些无辜。

“嗯……我也刚到家。”

两人一同沉默，话题枯竭，气氛尴尬。她只好鬼使神差地淡淡说了句“那你好好坐车吧，我要准备晚饭了”，然后就结束了通话。

她不知道两个人之间到底怎么了，竟然在电话里都无话可说了，完全不是刚开始恋爱时那种谁也不舍得挂掉电话的状态。而他的那句“你不是让我没事打给你吗”怎么听都流露着一种无奈，甚至还裹挟着一丝怨怼——就好像在例行公事似的——又或许，他只是因为在公交车上太无聊，所以才打给了自己？

明明日盼夜盼终于等到他主动联系自己，没想到却又如此失望。

之后的很多天，她一改之前的隐忍，动不动就直接打电话过去，毫无隐藏地向对方表达自己的糟糕心境。

“如果不是我主动联系你，不是我死乞白赖地要求你，你是不是压根儿都不会想起我？”

“拜托，你搞清楚好不好，我是你女朋友哎！我们不是恋爱关系吗？难道非要有事才能打电话，否则就当对方是空气？”

“呵呵。你有时间看球赛，有时间跟朋友吃吃喝喝，有时间遛狗，就是没时间想起我，是吧？”

“你就算再忙，难道连给我打个电话或是发条消息过来问问我在干什么的时间都没有吗？你是联合国秘书长？日理万机？忙得连一分钟的时间都不能分配给我？”

“我无理取闹？我过分？难道你不觉得真正过分的其实是你吗！我干吗要以恋爱的名义过着单身的生活！好像是我在强迫你跟我恋爱一样！”

……

他们大吵了一架，似乎只有这样才能为这段死寂的感情掀起一丝涟漪。和好后的两人也各自做了些调整，她不再把他“逼”得那么紧，他也尽可能多地“想起”她——只是，这种经过“改良”的相处未免显得有些生硬，她的“宽容”和“懂事”总让他觉得很刻意，心里不由得产生一种莫名的负罪感；他的“想念”和“关心”听起来总像变了味道的“讨好”和“交差”，让她愈发开始怀疑这段感情。

辛苦配合了将近半个月，两人一致决定和平分手。她落寞地说，要找个能时刻惦念自己的人，她也想当一回别人的“心头肉”。他叹了口气，随即也死要面子地说，想谈一段轻松点儿的恋爱。

为期两年多的恋爱关系就这样尘埃落定，她没有很快就找到那个能像她一样胶着地爱着自己的人，反倒了无牵挂地过起了很是熟练的单身生活。

我时常听到正在恋爱的女生抱怨男朋友总也不联系自己。当然，我不否认，她们中的一部分人，可能的确没有被对方深爱，甚至有人正不自知地处于备胎、鸡肋的角色——因为没那么重要，所以被想起的频率很低。

但我觉得这仅仅是一种最糟糕的情况，未必适用于有此境遇的所有人。如果真的要抱着“拆散一对是一对”的腹黑心态，以“所有不主动联系/不怎样怎样都是因为不够爱”这个简单粗暴的结论来解释恋爱中遇到的所有问题，那大家就都别谈恋爱了，稍不顺心就赶紧分手，遇到瓶颈就立马离婚，非但无益于个人成长，也不利于我们拥有一份安稳的亲密关系。

我们不妨暂且抛下“以对方是否主动找你聊天来判断这个人爱不爱你”这种幼稚的想法，忘记那些狗血、俗套的八点档剧情，试着探索下“冷漠的恋人”背后的其他可能。

如果你们最近没有发生过争吵，见面时基本相处愉快，你发消息过去后，不管是否及时，对方都有回复你，那我觉得，即便他平时没有如你所愿地频繁主动联系你，也大可不必率先往“他变心了”这个悲观的方向联想。

你们很可能只是进入了感情的倦怠期，这是爱情生长周期里一个重要的组成部分。现实生活不是浪漫甜美纯爱剧，没有时刻为你火力全开的恋人，热恋期一过，绝大多数感情都会归于平淡——毕竟你们都那么熟了，热情也都挥发得差不多了，需要一个“缓一缓”的过程。

尤其你要知道，当感情趋于稳定，男女性别心理差异开始凸显。女生总是忍不住向对方表达自己的内心感受，并希望得到充分的关注和慰藉；男生往往莫名地“消沉”，就像“怕麻烦”似的，尝试从对方胶着的依赖中抽身出去，退回到一个让自己感到相对安静的位置（美国心理学博士约翰·格雷在其著作《男人来自火星，女人来自金星》中称此为“男人的洞穴”），不会像女人那样，动不动就以各种名义“骚扰”对方。

虽然这听起来有点儿玄，但经过心理学家们的研究和总结，“性别心理差异”这个东西确实普遍存在，甚至还形成了专门的学科。

这并不是说，女人就一定要迎合男人的心理，以对方的状态来调整自己。那确实有失公平。但如果我们想拥有一段更美妙的亲密关系，就不得不提高两个人之间的相处质量。知己知彼，相互磨合，折中一下，找到让彼此都舒服的交往方式，不是更好吗?

尽量练习“不要把所有精力都用在控制、关注另一半上”这种思维。

我在上一本书中提到，有时候并非另一半不够在乎你，只是因为你把对方看得实在太重了。深爱导致失落感，你持续过高的、不恰当的期待，本身就会造成你自己感受上的巨大落差。

更何况，如果单单以“对方没有主动联系”“对方没有及时回复”“对方忘记了某件事”“对方没有注意到某个细节”就不假思索地给这段感情贴上了“不靠谱”的标签，那是否说明，其实是你自己太没有安全感呢？

其实真正的安全感源自我们内心的安定，这是无法向任何人索取的。心若不定，即便恋人一天打来数十通电话，每次都秒回信息，一段时间过后，你又会不满足于这种程度，脑洞大开地臆造其他不稳定因素，对恋人提出更具压力的要求。

且不妨试想，谁会愿意跟一个隔三差五就作天作地的女人长久相处下去呢？你害怕自己没有被爱，用负能量爆棚的方式不断提醒对方要“好好爱你”，你以为这样能让对方理解到你对他、对这段感情的重视，其实恰恰相反，对方才不会想那么多，也不稀罕你这种歇斯底里的“深情”，只会觉得，你很闹腾。

试着把心放宽些。你可以向对方表达自己的心理需求，可以邀请对方坐下来讨论更舒服的相处方式，但一定不要心浮气躁，切勿给对方一种紧迫、偏激的感觉。

更重要的是，任何时候信任为大。我知道现实生活中确实存在一些诱惑和不稳定的因素，但对于一段感情来讲，很多东西你无法掌控。你唯一能掌控的部分，其实只有你自己的质量，这决定着你给对方的感觉，或许也决定着对方会以何种方式来对待你。

要警觉，别让自己在不知不觉中变成“特别麻烦的女人”。而选择信任，选择安定，选择去做一个让彼此舒心、自在、没有太多压力的女朋友，其实是一种自重，也是一种自我圆满的表现。

我的一个晚婚的女性朋友，与先生结婚五年有余，也曾经历过对方的“冷落”。幸运的是，她没有在坏情绪里放任自己，没有做出吵闹、查岗、偷看对方手机等“恶劣行为”，而是重拾理智，把精力放到经营自己身上来。

曾经用来猜忌、纠结、埋怨先生为何对自己热情骤减的大把时间，都被她用来保养、健身、读书、睡美容觉了，天气好的时候，还不忘约上闺蜜去逛个街，喝个下午茶。

我曾好奇，开玩笑地问：“怎么不腻着你老公了？你这是放弃自己了？”

她笑着回答：“我要是继续跟他闹下去，那才是叫他快点儿放弃我。我现在想通了，把自己收拾神清气爽了，才是最要紧的。我可不想几年之后让自己变成只会唉声叹气找别扭的黄脸婆，我嫁的又不是李嘉诚，现在不开始多注意，到时候可没那么多钱去打玻尿酸。”

我被她逗乐了，又问：“那你现在对你老公什么态度？”

“他对我热情了，我就搭理搭理他。他不理我，我就直接无视，当他是死的，自己该干吗干吗——除了谈情说爱，人活着也得有点儿别的爱好不是？我又不是为他而活的！”

一席话把我说得一愣一愣的，不得不对她刮目相看。

除了拾掇自己的外在，这姐姐其实也挺有正事儿，默默无闻地考了个很难考的证，在单位的地位稳步上升，简直是事业生活两不误。

而在不知不觉中，先生对她的态度也发生了可喜的改变，反倒开始担心她忙不忙、累不累，似乎对她的一切事情都抱有极大兴趣，变得越来越黏人了。

这真是一场不动声色的胜利。且这“胜利”的意义不仅仅在于“拴住”了男人，而是她把自己打造成了一个更有魅力的人。

这或许也值得思考：当两个人在一起久了，新鲜感大量流失，关系变得不温不火，抛开一切不可控的外在因素，当事人本身是否也存在着提升的空间？

要努力让自己变得丰富而有趣——无论是内在还是外在。把眼界放宽，多去注意这个世界好玩、有意义的部分，将它们吸收内化成你自己的乐趣和经验，并在生活中自然而然地展现出来，形成一种持续不断的吸引力。

花香自有蝴蝶来。美好的东西才会令人时常惦念。提高自己的情商和情趣，才能解决根本的问题。

那些恩爱依旧，会手牵手一起去公园的老夫老妻，除了“感情基础深厚，一起经历过大风大浪”这个原因之外，他们也一定有着各自的人格魅力，有着不消极、不懈怠的婚姻经营智慧。

我们也不可否认，有些人真的只是因为性格的原因，不太适应甜腻、胶着的恋爱状态。

比如，有的男生比较木讷，不善言辞，想主动联系对方，却又想不到合适的话题——甚至，把主动联系对方看成了一件紧张、慎重的事；有的则比较大男子主义，认为天天跟女生腻歪，动不动把“我想你”“我爱你”挂在嘴边是一种“娘炮”的表现；再或者，他真的只是因为没有主动联系别人的习惯，不仅仅是针对你，对任何人其实都是这样……

所以，不要忙着放大一些细枝末节，而是要保持清醒，尝试客观全面地寻找对方不主动联系自己的真实原因，交流彼此的爱情观和对相处方式的一些合理性期待。如果可以磨合，可以接受，那就换一种心态去看待这种“冷落”；如果失望痛苦，难以适应，那就不必勉强，大可换一个喜欢黏着你或喜欢被你黏的恋人。

再或者，当对方没有主动联系你的时候，他可能真的有更重要的事情在忙，暂时没工夫儿女情长、你侬我侬。

这种时候，表现体贴懂事一面的机会就来了。别胡思乱想自编自导悲情虐恋戏码，安安静静，不吵不闹，各自先忙各自的事情，适当地关心对方一下，问问对方是否遇到了什么压力或不开心的事，对方愿意说就说，耐心倾听，少指手画脚；对方若是碍于面子不想多聊，也切勿深挖，鼓励两句即可。

男女想法不同，大多数女生可能觉得爱情特别重要，但对很多男生而言，生活中的其他方面也同样重要。不要让你们各自觉得重要的东西相互排斥，而是要懂得“求同存异”。

还有一种情况是，两人之间存在某种“误会”。比如，男朋友之前一直对你很好，各种主动嘘寒问暖，但有一些时候，你是故意端着、欲擒故纵也好，一时忽略、说错了话也罢，有意无意中没有好好对待男朋友的那些“主动”，给出了不恰当的反应，你不以为然，觉得没什么大不了的，却在无意中伤到了他们的自尊心，三番两次，久而久之，他们觉得自己的主动没有意义，于是丧失了努力的心气。

可见，人和人之间的交流是多么重要。多少感情都是毁在误会上的，不要总觉得自己对恋人已经有了深入的了解，不要用自己的想法去解读对方的真实意图。很多时候，真相可能和你以为的大相径庭。你没当回事的细节，对方却可能格外在意。

多找机会谈谈心吧。情侣不该只有肉体和生活上的交流，更应该有思想上的。

总而言之，如果男朋友没有经常性地很想你，千万别急着“掉脸子”。冷静地探索原因，恰当地表达需求。重中之重是管理好自己的身心。如果你觉得自己已经努力过了，对方还是对你爱答不理，完全没有想改善这种相处状态的意愿，那你就该考虑，是否该退出这段恋情了。

你好像一点儿也不想我，但我不怕了。

因为我终于明白，最可怕的不是对恋人失望，对爱情失望，而是对自己失望。

所以，随你吧。

无论有没有你的关心，我都会让自己过得很好。

你怎么只会给我差评？

“你是个废物吗？是死人？窝在家里连饭都不能做？还得等我回来伺候？”

“圆圆都尿了，她哭你听不见？你就忍心让你闺女一直湿着？给她换个尿不湿会累着你？”

“我当初真是瞎了眼了，干吗要嫁给你！”

……

她刚下班回来，一边给婴儿床里呜呜哭的女儿换尿不湿，一边冲坐在客厅里打电动的老公叫骂，孩子哭得更欢了，她又耐着性子做出一副和颜悦色的样子，把孩子抱起来一顿哄。

男人无动于衷，完全像没听到一样，从身边一堆食品包装袋里扒拉出没吃完的半袋锅巴，胡乱抓一把塞进嘴里，嚼得嘎嘣响——他另一只手一直端着游戏手柄，大拇指不断地按压着那个巨大的红色键，电视画面里狂轰乱炸，轰隆隆的音效填满了整间屋子。

她想冲出来再骂他两句，却眼圈一红，哭了出来，一滴眼泪滴在怀里孩子的脑门上。

这样的日子已经持续差不多七个月了。她不知道什么时候才是个头儿。

算起来，她老公差不多是去年这个时候从公司辞职的。辞职的理由是老板不待见他，他受不了那些气，一拍桌子就走了。

她当时也觉得，他那份工作辞了也好，又麻烦又累，经常加班，还挣不了多少钱，换份工作也未必就是坏事。

他说要趁机好好歇歇，歇好了再开始找工作。她想也是，过去的三年多他确实压力很大，就没说什么。可他就一直在家里呆起来了，每天做做饭，擦擦地板，哄哄孩子，完全没有想出去找工作的意思。

两个多月后，她着急了。有天下班她带回来几份求职类的报纸，还掏出手机从网络收藏夹里翻出好几个专门为他选的招聘帖子，拽着他让他看："我觉得这个挺适合你，任职要求你基本都符合了""这个你也差不多，就是工作内容没啥技术含量，挣得也不多""这个公司福利待遇特别好，要是能去就好了——可惜你学历不够，人家要求研究生毕业呢""你老舅不是挺厉害的吗？就不能让他想办法帮你安排个工作啥的？""唉，你别走啊，过来，这儿还有一个呢，你看看，我好不容易给你找的，很多活儿我一看你都干不了，就这几个还行——你上厨房干啥去了？听没听见我在跟你说话啊？”

一场争吵就此展开。

他把刷好的铁盆往厨台上一摔，咆哮道：“原来在你眼里，我啥也不是，啥也干不了，行了吧！”然后没有再多说什么，就钻到卧室里躺着去了。

她心里的火一下子蹿起来了，追到卧室把他一通臭骂：“你挺大个老爷们儿，又不是没长手没长脚，不出去赚钱养家，让我一个女人养着你，你还有脾气有理了是吧？跟谁摔呢？你有能耐出去使去，跟我较什么劲啊？我好不容易给你查的招聘信息，你看都不好好看，我看你是铁了心要窝在家里混吃混喝了是吧？”

他起身把她从卧室里撵了出去，又重重地摔上门。她疯了似的冲进去把他薅起来推搡出卧室，一气之下又把他的枕头和袜子扔了出来。那晚她没让他上床，他在客厅的沙发上将就了一宿。

在她“逼迫式”的要求下，他终于开始认真找工作了，每天都在网上投好几十份简历，可几乎全部石沉大海；他用红笔在报纸上划来划去，一遍遍拨打那些陌生的号码，要么是“该职位已经有人了”，要么就是“我觉得你的情况不太适合我们”。那是他第一次深切体会到社会带给他的挫败感，他原以为自己能很轻松地找到合适的工作，没想到现在找工作的人那么多，竞争那么激烈，用人单位的要求也都那么高。

有一天他因为没有面试机会心情很差，一闹心就忘了做饭。老婆下班回家，一进门就问他工作是否有了眉目，他没好气地回了声“没有”，倒在沙发上用报纸盖住了脸。她换了衣服走进厨房，发现他没事先把饭焖好，就抱怨了几句。他火了，两人就又吵了一架。

后来她对他说：“实在不行就去人才市场的招聘会瞅瞅吧，别抹不开面子。总之，别这么一直闲下去啊。”他盯着她看了几秒，然后低下头叹了口气，没说话。

他真的拉下脸面，去了招聘会，可跟他工作经验对口的岗位少之又少，用人单位又爱招那种对工资要求不高的应届毕业生。他站在人才市场的门口，不断有小姑娘小伙子和他擦肩而过。原本攥在手里的简历“哗啦”一声掉在地上，他突然有点儿想哭。

从招聘会回来之后，他貌似放弃了找工作的念头，无论她怎么追，怎么吵，怎么骂，他都不为所动。他开始聚精会神地打电动，每天都要打十几个小时，有时连饭都不吃，人一下子瘦了不少。

她托朋友给他找了一份看收发室的工作，他不去；让他去送快递，他也不去。她每天工作也很辛苦，拖着疲惫的身体回到家里，还要面对一岁多的、动不动就啼哭的女儿和那个只会坐在客厅里打电动的老公。

她不知道该怎么办，脾气也越来越暴躁，除了指责、咒骂，就只剩下叹息和哭泣……

其实，这样的情况在生活中很常见。小时候我也经常听邻居家的大婶骂自己的丈夫没出息，我还天真地问过我老妈："刘大婶总说的那句'吃啥啥不剩，干啥啥不行'，到底是啥意思？"

后来我长大了，才理解了刘大婶当年的窝火。可再后来，当我发现身边恋爱的女性朋友也经常指责自己男朋友的种种缺点和过失，导致他们萎靡不振或退出关系时，我才开始重新审视这种现象——面对"不争气"的恋人，女人们的某些言行，真的恰当吗？作为恋人，到底应该怎么做才能让男人重振士气，又不影响亲密关系的发展呢？

我绝不是有意要替广大男同胞说话，只是想把两性相处中的一个"重要盲点"指给你看：恋爱中，女生们往往忘记照顾恋人的男性尊严，不假思索地表达自己的不满或不同意见，无形中让男生们很受伤。

就拿前面的故事为例。刚开始时，男人未必不打算出去找工作，可能真的只是想好好歇一歇。可面对妻子的"提醒"，面对她迫不及待为自己找的招聘信息，面对她自然随意的一番"评断"，乃至后来不断升级的贬低和指责，他在深受现实打击之后，愈发对自己丧失信心，直至自甘堕落。

当然，这个男人自身也有很多问题，比如惰性强、抗压能力差、求生技能不过硬（或者说是社会适应能力差），还死要面子。但也不得不说，他妻子也是导致他自暴自弃的“推手”——即便她自己可能都没有意识到。

如果她是个聪明的女人，一定会考虑到男人的自尊心，在他疲惫、迷茫、陷入困境时给予温暖的鼓励，把他身上的优点（包括他不自知的）如数家珍般一一列举出来，并告诉他：“我觉得你是很棒的人，是个潜力股，否则我也不会跟你啊。你只是一时怀才不遇，困难只是暂时的。我相信你一定有能力化解眼下的局面，没准儿哪天就有人慧眼识珠，给你很好的机会了。别着急，先歇歇，我们一起承担，我会一直陪着你。”

相信我，有时候男人就跟小孩子一样，要用哄的。就算是装，你也得耐着性子装一阵子。你要让他觉得，你不是那种只能跟他同甘不能跟他共苦的姑娘，即便在他“不走运”的时候，你也是爱他的。只要有爱，只要还有肯努力的心气，凡事总会有解决的办法。你并没有瞧不起他，你对他仍充满期望，他仍然是你眼中的潜力股，是这个家的顶梁柱——如果你能跨越情绪，摆正心态，把这些都表述好，而对方心里也真的有你的话，哪怕他不多说什么，心里也会很感激、很感动，觉得你是真正懂他的人，他的斗志才会被激发出来，他才会振作起来为你们的未来而努力，才会开始想新的办法，你观察他下一步的行动就可以了——而且，你的态度有利于你们感情的升级和稳固，今后他一定会更加珍惜你。

而故事中女人的做法则恰恰相反，不仅不尊重男人心里的计划，自以为是地出手干预，还在不经意间表达出轻视、不信任的意味，并以自己的焦虑、暴躁去影响、攻击对方，通过抱怨、指责、嘲讽等手段向男人的自尊心宣战，施以重压，使对方对自己的感觉越来越不好，直至产生“连我的女人都瞧不起我，我还能干什么”的想法，开始放纵自己，不思进取。

是的，生气是解决不了实际问题的，只会消耗理智，磨损关系，让你成为男人眼里的“严厉的老妈子”甚至是“事儿×”。错误的压力不仅会让对方表现得越来越糟，还可能催生反叛心理，促使对方跟你“对着干”，更达不到你想要的效果。

所以，还不如平心静气地从长计议，讲究下跟对方相处的方式，没事多夸夸他——说不定会有意想不到的惊喜。

永远不要说你的男人床上功夫很差、讲的笑话不好笑、不够强壮、像个女人、没出息，也别拿他跟别的男人做比较，一辈子禁说“看看别人的男朋友/老公”这句话。要学会做他的“伯乐”“园丁”，而不是

深爱导致失落感，爱到深处是孤独。
你好像
一点 也不想我

差评师。

嗯，伤什么也别伤了男人的面子，既要像对待小朋友一样去包容他、鼓励他，又要像对待大英雄那样尊重他、崇拜他。别抱怨，也别觉得“这不公平”“凭什么”——除非你不打算跟男人谈恋爱。

人生总会遇到困难，谁都会有坠入低谷的时刻。作为恋人，作为伴侣，要懂得欣赏、鼓励、支撑对方，而不是落井下石，往对方伤口上撒盐。

否则，你充其量也只能算是个“亲密的敌人”。

过来抱下，咱别吵了

星期天的早上，他们大吵了一架。

原本说好上午一起去家具城为他挑选新沙发的，结果在做早餐的环节，两人因为“蛋炒饭是应该先炒蛋还是先炒饭”这个问题吵了起来。

“告诉你多少遍了，蛋炒饭得先炒饭，先用油把饭炒得粒粒分明，再把蛋液淋上去。像你这样炒，能好吃吗？”他拿毛巾擦着刚洗完的头发，晃悠到厨房往炒锅里瞥，冲正在掌勺的她说。

“大哥，我一直都是这样炒的，也算是熟练工种了，蛋炒饭该怎么炒，我还是清楚的。你个从不下厨的人等着吃就好了，没有发言权。”说完，她快速翻动菜铲，三下五除二就把蛋炒饭做好出锅装盘，又从橱柜里抽出两把勺子，一手一盘地端到餐桌上。

“我怎么连发言权都混没了？我不下厨怎么了，不下厨也该保留提高自己生活品质的权利啊，”他把毛巾扔在一边，坐到餐桌前挖起一勺饭，凑在鼻子下闻了闻，“明明先炒饭会更好吃，为啥非要吃这种带油糊味儿的东西？”说完又把勺子扔回了盘子，勺子把儿和盘子沿儿相碰，发出一声不大不小的脆响。

啪。她也把菜铲扔进还没刷的炒锅，发出更大的响声，然后气呼呼地从厨房里冲出来，挖一勺蛋炒饭放进嘴里，边嚼边说："哪有油糊味儿？我吃着挺好吃的啊。我从小到大吃的都是这个味儿，你不也吃过好几次吗，每次都狼吞虎咽的。"

他皱了皱眉，盯着她掉在桌子上的两小团油腻米粒，用明显不高兴的语气说："得了吧，懒得跟你讲。"然后又拿起勺子，无可奈何地扒拉着盘子里的蛋炒饭。

可她也不高兴了，弯下腰，一手拄着桌子，一手撤走他的盘子，把脸凑到他跟前，瞪着眼睛问："你倒是给我讲清楚，我哪儿样了？"

原本是桩小事，可两人越吵越起劲，一个打电话给老妈，寻求"资深家庭主妇"的经验验证；一个拿起iPad，搜索出一大堆有鼻子有眼的蛋炒饭制作教程……公说公有理，婆说婆有理，一方刚有想让步的意思，另一方就立马乘胜追击，争端只能不断升级……

"真没想到你是这样的人。"

"我就这样，你受得了就受，受不了拉倒。"

"拉倒？你的意思是分手喽？"

“这可不是我说的。”

“好……分就分！我真是瞎了眼，在你身上耗了这么长时间！”

“瞎了眼的岂止是你。快放了我吧，你就当行行好！求你了！”

“好！祝你找到更好的人！”她一把抓起自己的包，冲到门口胡乱甩掉拖鞋，踩上自己的高跟鞋，回头又补了一句，“噢，不对，瞧我都气糊涂了……不会再有人看上你这种货色，祝你孤独终老才对。”然后她撩了下头发，很开心似的哼着曲子，开门，摔上，噔噔噔走人。

他抄起餐桌上的玻璃花瓶，“哗啦”一声砸向防盗门，水和玻璃渣溅了一地，昨晚刚买回来的几枝扶朗交错躺在地上，花朵好似瞬间萎靡了，一副可怜委屈的样子。

之后的几天，他们没有联系。他取消了购置新家具的计划，她也没去上跟姐妹们约好的瑜伽课。他懊恼自己不该为了蛋炒饭挑起争端，她也特别后悔当天为啥没在楼道缓台处多等他一会儿。回想当天的激烈言辞，他们都在心里连抽自己十八套花式耳光，却又拉不下脸面主动跟对方打个招呼。

为了不让自己心烦意乱，除了上班和吃饭，他就吞一两片褪黑素，强行把自己扔进睡眠。她就不行了，吃也吃不好，睡也睡不着，无论干什么、看见什么，心里想的都是他，忍不住一遍遍看手机，可真的好安静，没有他的来电，也没有他发的消息。有一次手机响了，她急得差点儿被椅子绊倒，满心欢喜地划开手机，收到的却是某网店店庆打折的活动信息——那种失望，好像从天堂跌落到了地狱……可即便如此，她还是不忘及时给手机充电，生怕错过他伸出的橄榄枝。

他的想法是：以前每次吵架都是我哄，简直是把她惯坏了，竟然说出那么伤人的话，这次不管谁对谁错，决不能低头——如果她真的爱我，一定离不开我，会回到我身边的。

她的想法是：以前他明明很迁就我的，每次都会追过来拉住我的手，这次竟然丝毫没有挽留，还发脾气摔东西，看来是不爱我了——否则他为什么还不主动？

……

几乎每个夜晚，她都会躺在床上，往微信对话框里输入很长很长一串文字，有时是态度诚恳地跟他认错，有时是装作什么都没发生，跟他说自己今天过得怎么样——但是，每次她都不敢真的发送过去，又在泪眼蒙眬中长按删除键，将那些丝丝入扣的想念一字一字全部删光。

他呢，清醒时也忍不住去看她的朋友圈，把她发的每一张图片都放大来仔细看，揣测她去了哪里，做了什么事，吃了什么东西，见了什么人……有一次他没控制住自己，鬼使神差地给她点了个赞，放下手机一秒，觉得不妥，立马又取消了——他也搞不懂自己，明明不想被她看到，却又有些希望她能在方才的几秒中发现。

就这样浑浑噩噩过了将近一个月，他感觉自己吃完就睡胖了不少，她也有了瘦掉1.7公斤的“意外之喜”，可还是没人向对方“投降”。他们都紧紧抱着自己的自尊，在这场静默的等待中后悔，犹豫，焦虑，烦躁，不安……而继续相爱的心气，也一点点消失殆尽，空出来的地方，逐渐被失望和悲伤填满。

两人就真的这样分手了。

噢，多遗憾，没有人肯为了“我们”，再次勇敢。

你也做过这种“明明很在意很想念却还装得无所谓”“只要你先示好，我就一定立马跟你和好”的幼稚鬼吧？怕就怕，某天对方也变成了这样的幼稚鬼，或者累了，不想再陪这样幼稚的你玩了。

感到愤怒和悲伤时，记得警醒自己：别被猖獗的“自尊心”绑架。有骨气、眼里容不了沙子，是一回事；但沾火就着、上纲上线、不懂变通、死要面子，则是另一回事。

其实仔细想想，到底是脾气重要，还是感情重要？如果不是背叛等原则性问题，真的有必要因为这个断送两个人的感情吗？

总有一天你会明白，年轻气盛时极为看重的“面子”和“尊严”，其实很虚无，坏过很多事。真正的面子，是遇到不愉快时依然能温润化解、处变不惊；真正的爱，是在争吵的最高潮咽下那句能让对方溃不成军的狠话。

有时候，爱情只需要一个台阶就能维系下去。只要有人愿意让步，你们就可以少走很多弯路——而这个肯让步，肯给对方台阶下的人，应该是更为看重这段关系的那个吧。

嗯，不要明明一个拥抱就能解决的问题，却偏偏要说分手啊。

爱就是我们的共同语言啊

说实话，他有点儿后悔跟她在一起了。原本以为自己和她会有很多相同点，热恋期过后却发现两人变得越来越不默契了：他不爱吃甜食，她却嗜甜如命；她每一顿都吃素，他却无肉不欢；晚饭过后他喜欢窝在沙发里看体育赛事，她却敷着面膜火急火燎地杀出来夺过遥控器换成嘻嘻哈哈的综艺节目；她喜欢看那种厚厚一大本的言情小说，他却连一篇稍微长一点儿的网文都读不下去；周末她想拉他去动植物园踏青，他却非要赖在家里打英雄联盟，且一旦坐到电脑前，无论她再说什么，他都当成耳边风；偶尔他们也讨论时事热闻，可总是会产生不同看法，每次都以不愉快的争辩收场……甚至，就连“那方面”也出现了不和谐：他喜欢开着灯，她却执意要把灯关掉，两个人喜欢的体位也不一样……

嗯，有时他会忍不住悲观地想：我们的生活习惯如此迥异，共同爱好少得可怜，真的能长久地走下去吗？眼下的关系，就像把两个来自不同世界的人硬生生捆绑在一起，谁也不懂谁，真的好无趣呀……

在现实生活中，这种情况很常见。即便关系再亲密的两个人，也时常会因为一些生活细节感到彼此“不那么合拍”，对对方喜欢做的事情感到不理解——甚至是不欣赏。

可是，相爱的两个人，真的有必要追求“喜欢的东西完全一致”吗？那样会不会有些太无趣了呢？难道只有那样才能称得上“合拍”吗？

如果你总是抱着“我们没有共同话题”“Ta怎么就是不懂我”的想法，不断给自己这种糟糕的心理暗示的话，那你们的感情就不会好了——你会看对方越来越不顺眼，认为你们的相处越来越无趣，甚至觉得自己濒临窒息、忍无可忍，恨不得马上从这段关系中抽身出去。

我觉得，我们毕竟都是独一无二的个体，且必定会存在性别心理差异。不要对两个人之间的“默契度”要求太高，只要两个人的价值观“门当户对”就好了。对于恋人的个人喜好，该试着去尊重和接受；对于迥异的生活习惯，可以在相处中慢慢磨合。

停止抱怨，别再对恋人的行为指手画脚；停止强迫，别再要求恋人参与其不感兴趣的事。

相爱的两个人没必要时时刻刻都要黏在一起做同样的事，给对方留点儿个人空间，让生活回归“更多选择更多欢笑”。

吃不到一起去，就各点各的；玩不到一块儿去，就自己玩自己的。保持愉悦，互不影响，既有陪伴对方的相处时间，又有自得其乐的个人世界，这样多好，何必唧唧歪歪非得要求两人时刻“步调一致”呢？

若能调整好心态，随着相处的不断增进，感情的日益深厚，你会发现，貌似自己已经熟悉了所有的一切，对恋人的“包容度”也越来越高了：很多原本不理解的点，都慢慢理解了；很多曾经不欣赏的地方，也都开始试着去尊重和接受了——恭喜你，已经懂得了该如何驾驭一份归于平淡、更加成熟的爱！

是的，如果你足够细心的话，会发现，有些情侣的兴趣爱好其实完全不同，在一起时却仍有讲不完的话——想想看，有时候，我们不正是因为对方有我们身上不具备的一些特质，所以才对其深深着迷的吗？我们不正是因为对另一个独特之人的生命体验感到好奇和欣赏，才被其吸引，继而尝试靠近的吗？

前几天我在电台节目里接到一位听众的情感倾诉，她说她男朋友工作比较清闲，除了爱打德州扑克，没有别的业余爱好。他有一个打扑克的微信群，两年前还没认识她的时候就加了，里面都是些单身的男生女生，经常约到一家私人咖啡馆打德州扑克，平均一周要打三次，一打就打到半夜一两点钟。每次他出去打扑克，她在家里都睡不着，担心他会不会跟别的女的发生什么，越想就越抓狂，又不好打电话过去，只好抓心挠肝地盯着石英钟看，听忙针滴答滴答地响，盼着男朋友快点儿回来。

她跟他沟通过很多次，希望他不要再打德州扑克了，也不要再跟那个群里的人来往，可无论她怎么说，他都不听，依旧我行我素。后来他们时常因为这件事吵架，她直言自己偷看过他的手机，群里面的人聊天都很放得开，甚至有点儿“下作”，她担心有人把他带坏了；他知道后很生气，说她不尊重自己的朋友，指责她为什么如此小心眼、不信任自己，还义正词严地说，不管别人怎么想，反正他绝对不会做对不起她的事，只是单纯地很喜欢打德州扑克，舍不得离开那些“牌搭子”。

有一次她忍无可忍，偷偷拿他手机退出了那个群组，还一口气删掉了他所有牌友的联系方式。为此，他大动肝火，冲她一顿吼，她很委屈，一激动就提出了分手，没想到他竟立马说：“太好啦，以后终于可以安心打牌了……”

她伤心极了，不知如何才能让男朋友“放下扑克，皈顺她愿”，于是向我“求救”。

我在节目里说，既然你自己也知道男朋友没有太多业余爱好，而他好不容易才用两年多的时间培养出打扑克这项兴趣来，你又何必非要残忍地将其掐灭——更何况，从你叙述的情况来看，貌似他已经不可能退出那个群组、放弃这项爱好了。

我当然也明白，她之所以极力希望男朋友别去打扑克，主要是出于某种担心。但我告诉她，我一直提倡不要试图去拴住恋人，因为如果对方真的有“贼心”，防是防不住的。而且，不妨换个角度想一下，他在认识你之前，在那个单身的社交群里待了那么久，那伙人在一起打了两年扑克，他不也没跟里面的人谈恋爱吗？最后还不是“花落你手”了吗——由此可见，要么是他自己也觉得那里面的人只适合在一起打扑克而不适合恋爱，要么就是他喜欢的女生完全对他没意思他根本没机会——如果这么想的话，是不是就放心多了？

更关键的是，现在你男朋友已经明确承诺你：他不会跟别人发生什么，只是单纯地很喜欢打扑克，不舍得离开那些“牌搭子”——无论你相不相信，无论他能不能做到，他都已经把话堵死了，如果你继续跟他较劲，逼他放弃那项兴趣，只能让他对你越来越厌烦，离你们分手也就不远了。

所以，不妨收起内心的怀疑，选择去信任他，试着了解一下德州扑克的玩法，平时多让他教你怎么玩，并且要表现出你现在懂得欣赏这项活动了，是真心对它感兴趣，也开始喜欢打扑克了，并十分崇拜你的男朋友，觉得他为什么可以打得那么好，自己要不断向他学习——最终的目的是，以后聚会让他带你一起玩。

是的，反正每次他出去打扑克都打到半夜一两点，她闲着也是闲着，与其在家里提心吊胆干着急，还不如到第一现场参与其中，既能宣示主权让所有人知道“此男已经有主”，又顺便为自己培养新的兴趣爱好，两全其美，多好。

我不是鼓励每个人都要刻意去参与恋人的兴趣爱好，把自己变得不像自己。刚开始我也打算劝她给自己找点儿别的事情干，但显然她过得很闲，且十分担心男朋友会不会出轨——这决定着她在短时间内无法安心培养出自己的兴趣爱好，所以不如“顺水行舟”，将计就计。

如果你也在恋人自娱自乐时不知该如何利用自己的空闲时间，那不如试着参与一下对方的兴趣爱好，别在心里排斥、厌烦，很多事情你未必真的不感兴趣，如果你稍微研究一下，说不定立马领会到其中的奥妙，也开始认真喜欢了。

还告诉你个小秘密，从心理学的角度出发，绝大多数男人都喜欢跟自己的女人一起做事情——比起一个只会给他洗衣做饭、陪他上床的“家庭主妇”，男人会更依赖一个能跟他一起创造点儿什么、玩到一块儿去的“伙伴式恋人”。

陪自己喜欢的人做开心的事，难道不好吗?

你该学会享受它啊。

嗯，有兴趣爱好是一件值得鼓励的事——只要不违法，不会给别人带去困扰，不会对自己的身心造成伤害，就都有意义。它会防止我们对生活感到乏味和麻木，让我们对这个世界保持持续不断的兴趣和热爱。

不要自大且愚蠢地期望恋人只对你感兴趣。世界很大，有趣的事情很多，就算两人之间暂时没有共同爱好或共同话题，我们也可以去创造它。因为相爱就是我们最大的“共同爱好”啊。

只要用心，总会有惊喜。

原来，我给的并不是你想要的

爱一个人的表现就是对他好，这本没什么错。问题是很多人都控制不好那个“度”，要么用力过猛，拿出了可为对方肝脑涂地的架势，让人害怕；要么太一厢情愿，固执地以自己认为好的方式对对方好，让人厌烦。

比如那个“猫的报恩”的故事：小姑娘打开门，发现家门口有一只死老鼠，于是把它扔了。过一会儿，又有一只死老鼠躺在门口，她又把它扔了。她躲起来盯着门口，不久后看见一只猫缓缓走了过来，把嘴里叼的老鼠放在门口，有些不舍地离开了。而她认出那是自己曾经救过的那只猫……

这真打动人心。

我也不是有意要打破这个温暖的段子，只是一旦从那种感动里跳脱出来思考，就会发现，虽然死老鼠在猫的眼里是最好的东西，但对于小姑娘来讲并不是。虽然小姑娘目睹了这一幕，明白了是怎么回事，并为此心生感动，但并不代表她就会把死老鼠捡起来洗干净煮了吃掉……甚至她也不可能任由那些死老鼠一直摆在她家门口，她还是会一遍遍把它们扔掉——因为这种“好”压根儿就不适合她，即便再感动，时间长了也会成为一种困扰。

很多人就像那只猫一样，使出浑身解数去关怀、爱护自己爱的人，霸道地让对方不要拒绝、照单全收，甚至期望接收了那么多“好处”的对方也回报一些“好”给自己——这简直是种强买强卖的流氓行为啊！

于是我们总能听到一些听起来头头是道的抱怨：“我都对你那么好了，为你付出了那么多，你为什么还是不开心？为什么还不正眼瞧我一眼？为什么就不能对我也好一些？你知道我有多不容易多痛苦吗？”

是啊，你是很不容易、很痛苦，你把自己最喜欢的东西、爱自己的时间和精力都给了那个人，满心期待以为能得到好的回应，结果却事与愿违，那个人竟然还不知好歹、不识抬举——可是，你真的确定你给的真的是他想要的吗？如果一个人拿着一捆香菜，非要让从不吃香菜的你当面把它吃下去，最后还得写一篇讴歌香菜之美味的“餐后感”，你会做何感想？

我有一个哥们儿，是朋友圈里公认的“模范老公”，对他女朋友好得不要不要的。但这种“好”也有失手的时候。

有一次，我们一起路过一家女装店，他伸着脖子往里面瞄，我说他家好像不卖男生穿的衣服，他不好意思地笑笑，然后伸手指了指，意思是想要进去看看。我永远也忘不了那天店员看见我们两个大老爷们儿款款走进粉红色温馨公主装修风格女装店时的表情……我只好尴尬地将视线锁定在靠近门口的一排手包上，他却一直走到店的最深处看得津津有味……

那天，他带着一条翠绿半身蓬蓬纱裙和一双玳瑁色细绳高跟凉鞋满意而归，不止一次眉开目笑地跟我说他女朋友一准儿会喜欢。

可后来我才知道，那天他一回家，马上兴冲冲地把裙子从袋子里掏出来，他女朋友只瞧了一眼，就立马给“枪毙”了：

“这颜色太亮太艳了，多俗气啊！我穿绿色不好看，你啥时候见我穿过绿色？

“不是我不懂你的心意，也不是我不感激，但你真的不要再买各种奇奇怪怪的东西回来了好不好？其实我一直没好意思吱声……以后想送我礼物就带我一起去买吧，或者从我淘宝购物车里挑一两件买给我，那样我会更开心的！”

于是，第二天他又颠儿颠儿地把那条裙子拿去退了——据说鞋还凑合，他女朋友勉强留下了，随手塞到了床底下（估计也很难被穿上一次）。他好不开心的，觉得自己一番诚意日月可鉴，女朋友似乎有点儿没良心呢。

嗯，这个故事还提醒我们：作为一名“直男”，有时候千万别对自己的审美太有信心。

其实，就像这件事一样，恋人之间经常会为对方做许多“无用功”。因为站在了“恋人”的位置上，所以我们很容易自我感觉良好地认为自己是了解对方的，进而认定自己表达爱的方式准确无误，对方理所应当对我们所做的一切表示欣喜和感激。殊不知，这是个会慢慢毁掉两人亲密关系的隐形陷阱。

每个人都是独特的个体，人的喜恶也是最复杂诡谲的。谁也不是谁肚子里的蛔虫，大多数情况下你对他的揣测和所谓的“了解”，其实都是不准确的。所以你一直在用自己的思维模式去对他好，一旦他给出的反馈跟你设想的有出入，你就理直气壮地把责任都推到对方身上，觉得是他出了问题，却不知问题一直都在你这里。对方好冤的，不是吗？

所以，想对别人好的时候不如直接开口问问对方，知道做哪些事能让对方真正感到愉悦，不仅增进了沟通和了解，也免得自己白费力气。

也别总夸大自己的爱，问题是，你真爱对了吗？

嗯，你认为好的未必是人家想要的，别让你的良苦用心沦为不讨喜的事倍功半。而且，即便是再好的东西，别人也有不喜欢的权利。

反过来，张德芬说过一句很有道理的话：“如果有人持续地以你不喜欢的方式对待你，那一定是你允许的，否则他只能得逞一次”——要想在爱情里开心，你得引导对方如何正确爱你啊。

情 话 总 是 那 么 动 听

你有没有想过，相爱的时候，你说的每一句情话都是最甜的蜜糖；分手之后，那些精致的短句却又成了留给对方的最苦的毒药——既然如此，当你想说情话的时候，可不可以稍微嘴下留情？

一个朋友在一次活动中遇到了一个外地的同行，对方提出请她吃饭，两人聊了很多，惊讶地发现彼此竟如此合拍。他们自然而然地在一起了，只是这种“在一起”聚少离多，那个男人只能偶尔过来看她。

但这并不影响这段关系急剧升温——两个拥有良好表达能力的人，毫不吝啬地向对方表达着爱与被爱的细腻感受。她炫耀似的给我看过一条他发过来的短信，我记得内容好像是：工作是为了生活，而生活的中心是你。

当时读完后，我身体里有什么东西尖叫了一声。

后来他们愈演愈烈，基本每隔一会儿就要互相重申爱意，内容多为“爱你”“想你”“哈尼”等简单字眼，却也达到了令旁人感到肉麻的效果。

那段时间我的这位朋友每天都容光焕发，喜形于色，好像看不到一丁点儿生活的压力，欢脱得像个情窦初开的小妹妹，还不停地催促单身的我们赶快找个人恋爱，言辞里裹满藏掖不住的得意。她说她每天早上醒来一睁眼就会在微信上分享一首情歌给他，歌词里嵌着她葱郁的心意。而他通常起床比她要晚，会边吃早饭边听她发过去的歌，生理和心理都饱餐一顿。

他还发短信过来说："就算吃白饭，我都觉得是甜的。"

我看后不禁感叹：高手呀！

有天我们几个朋友一起逛一条夜市，她突然接到正在上海出差的他的电话。她把手机紧紧贴在脸上，在一片嘈杂的繁华声里笑得跟不食人间烟火似的。要不是我们拽着她，她早被从身边推过的自行车刮到不止一两次了。

他走在一条繁华的街道上，通过电话向她详细诉说着他的所见所闻，流光溢彩的外文牌匾，金发红唇的火辣洋妞，还说他发现了一家很特别的主题餐厅，感觉爱吃蔬菜的她应该也会喜欢，日后一定要带她去吃……她一五一十地向我们复述她听到的，生怕漏掉一句话。我们在她脸上看到了人类能摆出来的最美好的表情。

可是，他们最终还是分开了。她并未透露他们分开的具体原因，我们也无人敢问。

她至今也没能放下他。有一次我们几个一起去看电影，一部爱情片，结尾处男主角饱含深情地对女主角说了句感人肺腑的话。刚开始没人察觉她的异常，走出影院几十步，我们才发现她已经忍不住哭得蹲在了地上。

她哭嚎着说：“那句话他也对我说过啊！怎么就不算数了呢！”

她眼妆都花了。

我突然觉得她特傻。

很多话只有听的人才记得，说的人其实早就忘了啊。

嗯，那些情话一定经常乘着记忆一次次席卷回来吧，毕竟它们曾那般丝丝入扣地侵入过她的生活。每想起一次胸腔就泛起一阵沉闷的疼痛，每复述一遍就像挨了一记狠狠的耳光。她假装轻松地等着它们一字一句烂在心里，却没想到过程会如此漫长。

后来我一直觉得，情话说得太多太美，应该是件危险的事。尤其容易伤了爱情里那些单纯的女人。

诚然，情话是感情的润滑剂，我们天生都爱听“好听的”。更何况是女人，会不自觉地想从男人的承诺中寻求安全感，以此证明自己正在被深爱着，这段关系是稳定的。

于是，男人们轻而易举地得出了一个结论：女人是一种格外喜欢甜言蜜语的动物，只要多动动嘴皮子，就能把她们哄得团团转。

却很少有人明白，女人之所以爱听情话，其实只是想要一份肯定。那些听到情话就满心欢喜的女人，大都爱得很深。又因为爱得够深，所以她们才会把男人说过的每一句情话都记得格外清楚。

你仔细瞧瞧的话，就会发现生活中有很多这样的傻女人。

而我多想告诉这些傻女人，情话只是感情里的“味精”，你又何必太当真。真正的安全感绝不是多听几句“我爱你”就能有的，而是来自你自我的圆满和两个人价值观上的共识。

你也没必要揪着男人给出的一句承诺不放，非要较真儿地质问他为何没兑现。我希望你能明白：一个男人如果对你说出了爱，那他当时很可能真就是那样想的。只是那些话的有效期只限于说出的当下，没办法为未知的以后负责。毕竟人心会变，爱也会走，这你怪不了谁。

所以，要是再有人对你说情话，听完就笑笑，乐呵完就忘掉。别太当真，别太计较。他取悦你的那些句子，今后依然会拿去供养别人的耳朵。

记得太清楚，只能给自己找别扭，给别人添堵啊。

也想告诉所有喜欢说情话的人，其实你没必要非得把情话说得那么动听。太美的情话容易麻痹人对爱的知觉和判断。很多人到最后甚至弄不清楚，自己爱的到底是那个有血有肉的人，还是只是从Ta嘴里跑出来的那些绚烂的情话。

情话也不该被大量制造。再好的东西一旦泛滥，就意味着逐渐贬值，带给人的愉悦感也会跟着大打折扣。就像再好吃的东西吃多了也会恶心，再好听的歌听多了也会腻。你妈天天都对你特别好，所以你才对她不以为然。

嗯，试着把情话说得精致一点儿，说得恰逢时机一些，其实会让你在对方眼里显得更加弥足珍贵。

其实，好的爱情不需要太多甜言蜜语，也不求什么山盟海誓，无非只需一个眼神，一次拥抱，就能清清楚楚地感受到，谁也没有掉队，都还踏踏实实地爱着对方。

毕竟，那种强烈的吸引和浓稠的眷恋，假装不了，也无法被认错。

希望你说出和听到的每一句爱，都产于热血渐温的时候。

是谁说过永远爱我

每次在影视剧中听到“我会永远爱你”之类的台词，我都会忍不住“哼”一声——这简直是比“我要减肥”“我要戒烟”还要不靠谱的鬼话啊！

当然，我并不否认，很多人对伴侣说出这句话时，当下一刻的心境是诚恳、真挚的。可由于措辞的原因，这句话怎么听都带着承诺的意味，很容易让较为感性的女人们往终身大事上联想——你永远不要小瞧女人对待感情时认真（或者说是较真儿）的程度，你无意脱口而出的一句情话，很可能就在无形中为她的似海深情推了波助了澜；你这样一出动情的表达，很可能暗地里在她心里系了个疙瘩，若有一天不幸分手，定会为她带去凶猛的伤痛。

按照唯物主义的基本观点，一切事物和现象都是在不断发展变化的，根本就没有一成不变的东西，更何况是极易被外界因素左右、摇摆的人心。你以为两个人走进婚姻殿堂，生儿育女就是“永远”吗？你以为他真的此生只会爱你一个人吗？你就那么有把握你们不会离婚吗？你怎么知道那些同舟共济大半辈子的老夫老妻全都心存爱情，而不是依赖盘根错节的亲情？你又何以那么天真，觉得影视剧里至死不渝的“钻石之恋”会降临到你身上？

醒醒好嘛。我不是在鼓动你对爱失去信心，只是希望你能稍微清醒一点儿，在爱的过程里不至于孤注一掷，即便有朝一日失去了这份爱，也不至于痛得一蹶不振。爱得热烈、用力确实很爽，但同时让头脑保持清醒，也没什么不好，反而会让爱情更有质量。

而之所以很多人会爱得不够清醒，与影视剧“永恒之恋”戏码的长期侵淫不无关系。理想化的文艺台词很容易让我们在进入爱情之前就不假思索地为这段关系设定了“永远”的错误期待，一旦听到有人对我们说了这正中红心之句，我们极易因为错误的期待而对之深信不疑。

于是我们经常看到，有幸听到这句话的一方往往因为心理上的满足而忘记了珍惜，开始变得有恃无恐、肆意妄为，以骄傲者的姿态不断动摇着对方当初的认定。过不了多久，这段爱就不会好了。待到分道扬镳之时，曾“信誓旦旦”的人急着抛出各种杀伤力极强的借口，只为心安理得地迅速溜走；一直坚信“永远”的人则有被全天下欺骗、辜负的绝望之感，留在无限绵长的回味中肝肠寸断。

爱确实需要表达，尤其在某些关键性的时刻，我们希望对方能够准确无误地明白我们的心意。可作为男人，就算很多同胞对自己的语言表达能力不甚自信，就算我们对身边那些固定口号般的表达方式耳濡目染，可不可以在表达爱意的时候，尽量把话说得严谨一点儿？尽量别去动用那些很容易就沦为“花言巧语”“糖衣炮弹”“骗人鬼话”的词汇？倒不如以不加任何修饰的话语表达心中所想，把“永远”二字拿掉，单说一句“我爱你”，效果也不会差。也可以选择更务实的行动表达，比如一个无声却绵长的吻，或是一场安稳长情的陪伴——毕竟，脚踏实地的努力反而比千辛万苦的兑现更令人感到出其不意、惊喜珍贵。

而作为女人，希望你在面对感情时注重践行“顺其自然”这四个字，对任何事都不抱绝对的态度，拥有泰然应对一切风起云变的能力。即便有一天对方会离开，你也懂得用“不求天长地久，但求曾经拥有”来开慰自己。

我有一个绰号为“独行侠”的朋友，似乎极度缺乏爱情，他的“桃花”总像划破夜空的烟火一样美丽却短暂。可在我看来，一个人的时候他过得足够清醒，以至于遭遇爱情时他也不会乱了手脚，反而很懂得尽情享受，结尾也处理得利落从容。

有一次他跟我说，他无聊时跑到交友网站上东瞅西瞧，不经意间看到一个二十出头小姑娘的个人资料，“交友宣言”一栏里平静地躺着一句 “想找个人，与他尽量长久地携手走上一程”，令他欣赏不已。

我也为这句话点赞，既完美地避开了“永远”这一不切实际的陈词滥调，又用最实在、最严谨的措辞和最丰沛、最诚恳的心意表达出了那种美好的期盼。她年纪轻轻，却对爱情有着“但行好事，莫问前程”的清醒态度，实属难能可贵。

爱和植物一样，是自由生长、顺势而为的一种能量，任何一种刻意的估量和轻率的断言，都是对它的亵渎和伤害。

爱情没有永远，谁也没有义务非要爱一个人一辈子。如果你真的奢望能长久地拥有一个人，那你的初心很可能已经偏离了爱的真谛，变异成了一种缺乏理智的自负和占有，那是错误的。你要明白，喜欢是想在一起不分开，而明知会分开却还想在一起，这才是爱。

而爱的具体长度，则取决于两人对彼此的珍惜程度——既然现在拥有，那就好好珍惜。否则下一秒，对方可能就不再属于你了。

回不去就往前走啊

一段感情，最糟糕的结局不是被甩了被骗了，
而是过后开始质疑自己了。

亲爱的，我们真的回不去了

分手四个多月了，她还是放不下他。

他们一直没怎么联系，其间她按照亲戚和邻居大妈的安排相了两次亲，她都不满意，无论相亲对象在她面前有着怎样的表现，她都自动在脑子里拿他们的一言一行跟前任做对比。越相亲就越难过，于是她毅然决然地推掉了二姑妈新近介绍的对象，摆出一副“我自己的事，我自己搞定”的现代独立女性的架势来。

有一次她在商场碰见小花——是前任铁哥们儿的老婆，以前四个人经常围坐在一起打麻将，分手后就再没发生过交集。两人许久未见，一时有些尴尬，还好小花是那种特别开朗、机灵的姑娘，愣了两秒之后立马过来拉她的手，用那种特别热络的语气跟她寒暄起来。

除了被问“最近过得怎么样”“工作是否还顺心”“来商场想买什么呀”，女孩子间的话题，似乎总绕不过感情状况。虽然小花已经很谨慎地控制了问话时的表情、拿捏了恰当的措辞，可在承认自己目前单身的时候，她还是有一点儿脸红，莫名觉得自己像个“失败者”。

小花眨眨眼睛，捏着她的手说：“不急的，你这么漂亮，早晚会有的。”这话听起来是勉励，却又有点儿像安慰。而在小花拉着她去旁边的冷饮店买甜筒时，她竟鬼使神差地拽了小花一把，脱口问出一句：“那他呢？”

小花正在往外掏钱包，也不知是没听清还是故意装糊涂，睁着大眼睛问她说啥。她感到难堪，却又硬着头皮说：“我是说，他是不是已经有了女朋友？”本想问得不经意，却怎么听都显得刻意、别扭。

“没有啊，他也还单着呐！”小花说完，嘴角掠过一丝别有意味的笑。

她慌里慌张地吐了句“噢”，然后假装镇定地望向商场中央处高大的充气海绵宝宝。从冷饮店出来，她一直心不在焉，不管小花指什么衣服，她都说好看，且没一会儿就狼吞虎咽地消灭了一整只甜筒，小花惊讶地说：“这么凉的东西吃这么快你要不要胃啦！”

那天小花的老公开车到商场来接驾，小花极力提议一起吃顿饭，她连连拒绝，说还有点儿别的事，下次再聚。她站在公交站台向马路斜对面张望，看着小花冲着一辆白色越野车兴奋地招手，然后乐颠颠儿地闪进车里驶离，心里突然有些悲凉。

晚上接近十点，犹豫了半天的她终于鼓起勇气在微信上问小花：

“你觉得，我和他还有复合的可能吗？我就是随便问问。”

发出去立马就后悔了，她苦苦煎熬了快半个小时，才等到小花的回复：“没准儿能成！前阵子我们仨去吃火锅，他还提起你了呢，说你从来不吃海带。”——后面还跟了一个吐舌头的笑脸表情。

她像个被判无罪释放的囚徒，深深叹了口气，然后忍不住高兴起来。觉都没睡好，还好第二天不用起早。

就好像接收到了某种“指令”。之后的几天，她每天下班后都去他钟爱的那家牛杂店用餐，一小口一小口地吃，甚至吃完了也不急着买单，再点一杯水果花茶，就在那儿心不在焉地玩手机，偶尔扭头环顾一下店内的情况，一坐就是一晚上。

她一次次失望地离开，心里却又莫名地兴奋——因为她知道，他每个星期至少会有一天晚上到这里吃牛杂汤，这是他多年来雷打不动的饮食习惯。而前天没来，昨天没来，今天也没来，那她期待的事情就愈发有可能发生在明天、后天……

功夫不负有心人，在第五天晚上，他终于出现了。她特意坐在斜对着门口的他习惯坐的位置，所以他一进来，她就看到了。她忙低下头，慌张地往嘴里送一勺汤，努力摆出一副若无其事的样子。他走近了，还剩五步，三步，一步，她的心跳得怦怦响，甚至有点儿害怕被他听到。

“你……好巧啊，没想到会在这儿碰见你。”他的语气里明显闪过一丝慌张，却很快又恢复从容。

“啊！”她迫不及待地抬起头，又故作惊讶地说，“真是好巧！我……我今天不知怎么就想起这儿的牛杂汤了，就想过来回味一下……没想到你也来了！”

她按捺着内心的澎湃，假装镇定地低头喝了口汤，然后悠悠地看着他在自己面前坐下。

他还是原来的发型，长度总是剪得刚好，向天冲起，看着精神，略带英气；他好像瘦了一点儿，脸没有以前那么宽了，五官却也显得更立体了；他穿了件新的黑皮夹克，虽然跟之前她给他买的那件很像，但左胸处的金属小Logo不一样，领子不一样，拉锁也不一样……

她就那样愣愣地、不知收敛地看着他，瞧着他像以前一样扭身冲服务员打了个响指，眼角和嘴角合力扯起一个明朗的笑，服务员瞬间心领神会，扯着嗓子向后厨报餐——嗯，跟她眼前的这份套餐一样。

后来提起那顿饭，她说她根本记不得自己跟他聊了些什么，精神全程处于一种恍惚和迟钝的状态，他说一句什么，她就木讷地搭个腔，然后不停地往嘴里添汤送饭。那感觉十分熟悉，她恍然觉得两人又回到了从前，回到那个寒冷落雪的冬夜，他把参加完夜校考试的她接到这家店里，也是这个座位，也是在这样黄晕的灯光下，他的手掌温暖而宽大，紧紧包裹着她冰凉的手。然后他像个爱啰嗦的父亲般没好气地责怪道："怎么就不戴手套，明明都给你买好几副了，都躺在家里睡觉呢？"他的鬓角处有雪水流下，他没有松开手去擦，接着又直视她的眼，那么清楚、认真地说了句"你就打算这么赖着我一辈子吗"。

她竟把他当时说过的话记得这般清楚。想起这些，她差点儿就要难过地哭出来了。她强绷着情绪，想让自己看起来尽量平静一些，也不抬头跟他对视，一副只顾吃饭的样子。

终于要把饭吃完了，还剩最后一块肉的时候，她听到他清了下嗓子，然后关切地问："你还好吗？"

她这才僵尸打挺般抬起头，迎过去一个略显夸张的笑脸："好啊，还不错！"也不知眼里噙着的泪水有没有被他看了去。

两人一同沉默，她又跟了一句"那你呢"。

他也说自己过得很好，而且说得很诚恳。她听后心里莫名有些失落。

那天他坚持要送她回家，其实正中她的下怀，她假意推辞了一下，就允了。车里用的还是淡淡的檀木香氛，副驾驶位前方还放着她送的摇摇草摆件。两人一路上也没说什么有营养的话，气氛有点儿尴尬，但这沉默的尴尬中却又裹藏着因为亲密而独有的和谐，掺混着因为熟悉而不必言语太多的默契。

她又是一夜没睡好。她猜对方也一样。

第二天一早公司开大会，会议的内容她没听进去几句，盯着大领导桌上那只刻着“精诚所至”字样的钛金老板杯发呆。可算开完了会，她迟钝地站起身，刚开始活动微酸的肩膀，口袋里的手机“嗡嗡”震动了两下。

“今天下班后有空吗？我去接你，陪我去买两件衣服，帮我参谋参谋，然后一起吃晚饭。”

是他发来的。她内心狂喜，顿时觉得自己整个人都神清气爽起来，在输入框飞快敲了一行字，又觉得好像显得太没出息，于是全部删掉，忍了两分钟左右才回过去一个“好”字。

他们先吃了饭，虽然也没有说太多话，但气氛似乎比前一天轻松了不少。快吃完饭的时候他拿起手机，弄了好一会儿，然后又放下，说：“刚才我一同事在微信上发给我两个电影票的兑换码，说他们临时有事看不了，不用太可惜了，就给我了。好像是部喜剧，还有二十多分钟就开演，离这儿不远，不如一起去看？”

“嗯……好啊。”她点头，藏不住地愉悦。

那片子好长，足足有两个半小时。他俩都笑得前仰后合，她还是像从前那样猛劲儿拍他的大腿和肩膀，任何人都不会想到他们竟是一对已经分手的情侣。

从影院出来时已经很晚了，他伸懒腰说好累，她说光顾着吃饭看电影了，最要紧的衣服还没买。他看了看表，九点多了，说无所谓，衣服哪天买都成。

他送她回家，车开出去没多远，他像突然想起什么事似的，说家里的狗这几天左眼一直淌眼泪，具体别的症状也说不清楚，能不能一起回去帮他看看怎么回事。她会心一笑，没有犹豫，略带关切又分外轻松地说：“好，正好我也想Coffee了……你对它总是很粗心，每次它生病你都弄不明白。”说完，她扭头看向车窗外。

他们复合了。导火索是一场久违的性爱，她伏在他滚烫的胸膛，听着他剧烈的心跳，轻声对他说：“我们重新在一起吧……喏，当初是你追的我，这回就算是我追的你。我们一比一扯平了。”

该怎么形容那种感觉呢？两个人都有些小心翼翼，努力收敛着自己身上之前不被对方喜欢的小毛病，做任何事都格外考虑对方的意见和感受。比如，随意惯了的他为了不让有强迫症的她看着不顺眼，上床前会把两个人的拖鞋规规矩矩地摆在一起；因为他不喜欢，原本不上眼妆就感觉浑身不自在的她，也不戴假睫毛上班了；每次洗漱完，她都自觉把洗手台上的掉发清理好；每次小便完，他都会再把马桶圈放下来——甚至，以前不许他在外面跟女同事聚餐的她，也开始学着大度了；从不吃蘑菇的他为了“表现”，竟踊跃地陪她吃真功夫香菇鸡腿饭了……

嗯，感觉好像还不错。

但，这样的相处真的好累噢，双方都逐渐有了力不从心的感觉。起初看到对方认真地为自己改变，心里会有种隐隐的感动，甚至也不会吝啬感激赞赏之词；但后来，两人越发觉得彼此的努力都非常刻意，你敬我一尺，我就敬你一丈，非但自己觉得心累，还要考虑对方是否也是相同感受。两个人好像都在等一个明确的“信号”出现，能让彼此都停下来喘口气，不必马不停蹄地卖力扮演陌生的自己——于是，即便心里明镜似的看得出一个个别具心裁的细节，也开始麻木，装作视而不见，甚至感觉有压力，开始厌烦和逃避。

他们也试着各自挣扎和相互解救，不谋而合地去曾经一起去的地方做一些曾经一起做过的事，甚至努力在记忆里搜刮，想在相同的情景和类似的气氛下准确复述一两句曾经的台词，但效果都不好，做作、生硬、突兀、尴尬，感动也不是，想笑也不行，连表情都不知道该怎么摆才够自然。

原本以为能借此找回记忆，重拾当初心动的感觉，却弄巧成拙地把之前那些美好的念想也给“毁”了。

气氛不太对劲的时候，他倒也足够绅士，把责任一股脑儿都揽到自己身上，十分愧疚地对她说了句“再给我点儿时间，让我慢慢像从前那样爱你”。

可是，究竟需要多少时间呢？为什么会觉得对方越来越陌生了呢？就连她自己，也开始有些琢磨不清了……

这种状态持续了近三个月，两人终究谁也“装”不下去了，在讨论“年假到底要出去玩还是用来好好休息陪陪亲友”时互不相让，她一气之下说了句“没想到，你还是这个死样子”，他顿时暴跳如雷：“对啊，我还是这个死样子！那你干吗还费尽心思地制造偶遇回来找我！”

他们分手了。比当初第一次分手还难堪。

生活中其实经常会有这种复合没多久就又分开的情况，有的甚至分分合合，反反复复，最后却还是以伤心收场。

那，为什么复合的成功率会这么低呢？

我想，这是因为我们复合的动机往往不够单纯。

我不否定有“情谊深厚的情侣只是因为误会或赌气一时冲动而分手，事后仍旧心心念念地牵挂对方，都觉得非对方不可，于是挽回天赐良缘”这种皆大欢喜的情况存在，但现实中的绝大多数复合，往往只是因为彼此都没碰到新的比较合适的“重点团结对象”，感觉特别空虚寂寞冷。

我们要承认，人在某些时刻总是容易突然变得很矫情，包括但不限于“在大街上看见手牵手的情侣”“看了一部甜死人不负责的爱情剧”“参加聚餐喝点儿小酒上了头开始情绪激动”“生活中遇到重大困难或转折急需一根精神支柱”……而在手头并无“新目标”的情况下，“前任”这一物种则显得熟悉又好用，有种“浑然天成”的“优势”，自然成为取暖的首选。

于是，很多人抱着“反正还没找到新的，先找个熟悉的凑合凑合吧，毕竟有感情基础，知根知底的，也不是啥坏人”的心态纷纷向同样空窗同样寂寞的前任抛出橄榄枝，双方一拍即合——殊不知，这其实都是寂寞惹的祸。

你也不可否认，除了这些心理需要，有些人寻求复合的动机更加简单且更具动物性：只是出于生理需要，方便得就像“回家串门”一样——这种情况通常以男生居多，如果你被前男友约了“回头炮”，如果你对性的态度比较保守，无法坦然接受无爱的性事，那就不如明确拒绝，别勉强自己，省得日后期望落空，自我质疑，给自己贴上“廉价”的标签。

还有人因为觉得“可惜”“不甘心”而产生要跟前任复合的想法：他是那么好的一个人，我不该错过的；只有前任那样的人才配得上我，我现在交往的都是些什么鬼，完全是在浪费自己的时间；果然还是前任最适合我，真后悔；我想跟他再试试，没准儿这次能风平浪静地走下去……

嗯，前面故事里的女生其实就属于这种情况：寂寞的空窗期，七大姑八大姨又怕她嫁不出去，相亲数次都没碰到让自己满意的，难免下意识想起前任的种种好。偶然碰到前任哥们儿的女朋友，看着人家小两口依旧恩恩爱爱，自己却形单影只，便想跟前任再努努力……

但其实，处对象就跟选鞋子一样，如果是短期关系，或许会着重考虑什么牌子、什么款式；如果想要长期关系，则要着重考虑合不合脚、舒不舒服。

“喜欢”和“适合在一起”，真的是两码事。有些鞋，看起来确实十分亮眼，但就是没有你的码，脚硬往里塞的话，走不了多少步，谁疼谁知道。

所以，如果想把前任找回来好好走下去，一定要确认你们之间是否能构成“可持续发展的爱”，而不要只是因为留恋。

当然啦，还有一种情况是“升级”的、扭曲的“不甘心”：当初你不是甩了我吗？如果有一天你回来找我（或者我使劲把你追回来），然后再甩了你，让你也尝尝从云端跌下的滋味儿……虽然这很腹黑，很极端，但生活中真的有这样的奇葩前任存在。

除了不恰当、不单纯的复合动机，情侣双方对“复合”这件事的心态也影响着感情的成败——这种心态上的影响在二人再次发生争吵时尤为凸显：“原以为你/自己变了，复合后才发现其实都还是以前的死样子”“这糟心的感觉竟然又回来了”“好，你就继续闹吧，我突然觉得当初跟你分手真是太明智了”“可能还是不适合在一起吧，看来是真的特别不般配啊”“反正已经分过一次了，再分一次也无所谓，多简单个事儿”“我要停止愚蠢的、无谓的努力，赶紧从这反复的噩梦里逃离出去”……

所以你就明白了，为啥分了一次就会有第二次。由于双方都在潜意识中不断强调“这是复合”“我们之前分过”“我们可能真的不适合”“我得更努力表现，或者更努力地捕捉确定我们在一起合适的证据”，导致复合后的相处变得比从前更紧张，一旦出现一丁点儿问题，就容易使至少一方失去当初的耐心，关系也将再次走向死胡同。

嗯，如果没有误会等特殊因素，会分手的情侣真的适合在一起吗？

而“复合”这件事，真的有很大的积极意义吗？

“好马不吃回头草”背后的意思是“回来的不再完美”。就像前面故事里的男女，那么努力地想要找回从前的感觉，却发现一切早就走了形、变了味儿。

人是最复杂的动物，永远别低估人心的变化和最真实的人性，别盲目乐观地以为一切如旧、尽在掌控。或许只有当你一次次期望落空，一次次接受并不如文艺作品里那般美好的现实，你才肯乖乖承认：有些东西真的只适合安放在记忆里，即便再怎么努力倒腾，回不去就是回不去了。

何必非要去验证，非要去复原，非要亲眼看着那些甜蜜的过往变得面目全非？

当然，我并不是要反对所有复合，让大家放弃所有挽回良缘的可能。事无绝对，也确实有分手的情侣和好如初，更加珍惜对方，最终修成正果的情况。但那些失败的案例，或许可以帮助我们更加全面、理智地看待复合这件事——至少在想要复合之前，仔细想想两个人到底该不该复合。

我觉得最重要的是，要客观评估两个人的性格是否互补，价值观是否接近，生活习惯是否合拍，自己是否真的很喜欢这样性格的人。设想一下，如果复合成功了，自己是否能坚持跟对方走下去?

如果分手前你们整天吵架，相处中的快乐明显比痛苦少，彼此都感觉很累，那就真的不必复合了，否则只会重蹈覆辙，彼此折磨。

如果一个人对感情的态度不够成熟，经常制造一些伤害感情的言行，很轻易地提出分手，或者很草率地处理感情问题，那不如彻底打消复合的念头，找一个更适合的人开启一段新恋情。

你要明白，人的某些特质无法轻易改变，如果让你不舒服，那就是真的不合适，不要盲目地去包容、去妥协，以为靠自己单方面的努力和对方的信誓旦旦就能得到实质性的改善。

不合脚的鞋子，不必硬塞，永远别委屈自己。

还要想想当初分手的原因。如果是因为一方的背叛，那另一方是否能客观评估这段关系大概的稳定程度，能否有心力做到彻底的原谅，两人重拾对彼此的信任，实现真正的“翻篇儿”，并保证日后绝不耿耿于怀、重翻旧账；如果是因为别的原因或具体的事件分手，双方能否坐下来心平气和地讨论出解决问题、消除隔阂的办法，一起校准对待爱情的基本态度，找到让彼此都舒服的相处模式，防止日后发生争执，当初导致分手的“点”又被拉出来了——不要治标不治本，任由问题烂在感情里。

此外，切莫一厢情愿。开启一段感情需要双方达成一致意愿，复合也一样。要确定好自己对对方还有没有“正确的爱”，想继续跟对方在一起的热情有多强烈，考虑对方跟你是否处在同一频率。不想就是不想，别乞求，也别勉强。

一切随缘，内心的感受才最重要。

总之，分开后的两个人，到底要怎样相处，到底要不要选择复合，应在一番冷静的思索之后做出比最初相爱时更慎重的决策。既要对彼此的心负责，也要对从前的回忆负责，免得造成二次伤害，弄得更糟。

不是所有分手的人都值得复合。除了与人亲密，我们也总该学会与人疏离和潇洒道别。

别把心伤得更深，最后连朋友都没得做了，连值得回味的美好都破坏掉了。

愿每一场分手都慎重决绝。愿每一场复合都英明坚定。

无论成双还是一人，都祝你好运。

其实我只是有些不甘心

我至今都忘不了当年她的那场分手。

那天下着小雨，她一手撑着伞，另一只胳膊夹着给他新买的一件灰蓝色针织衫，兴冲冲地往约定好的星巴克赶。眼瞅着就到了，就差一条马路没过，他打来了电话，她接起就说：“这么着急啊，马上就到啦！”可对方沉默了一下，然后用那种很冷很干的声音说：“要不你不用过来了。我是说……我们分手吧。”

她一下子蒙了。她把手机贴在右耳好一会儿，直到夹着衣服的胳膊有点儿僵了，这才意识到电话那端早已传来“嘟嘟”的挂断忙音。装在透明塑料袋子里的针织衫“啪嗒”一声掉在湿漉漉的地面上，她没有立即弯腰去捡，只是站在马路边愣愣地瞅着眼前行进缓慢的车流，手指用力抠着手机套上卡通兔子的大鼻子。

也就过了差不多一分钟，她刚把衣服捡起抖掉上面的脏水，就看见自己心爱的男人护着一个长发、穿橘红色中长款呢大衣的女人从对面的星巴克出来，十分绅士地为她开门、撑伞，且脸上挂着灿烂的笑容，完全不是方才在电话里那种冷酷沉重的情绪。

她站在原地咬牙切齿，身体微微颤抖，突然觉得世界变得好静，只能听见小雨滴打在伞面上的密集声响，似乎还听得到……那对正迅速撤离的男女的欢声笑语。

她真的好气啊，尤其他们撑的那把伞还是去年她送给他的，跟她手上这把一模一样。

你以为她会立即冲过马路跟这个负心汉理论一番，顺便手撕那只橘红色“狐狸精”吗？并没有。她低头看了看自己这身提不起精神的运动装，裤脚上还明显缀着好几个大泥点，于是立马拦了辆出租车打道回府。

到家后，她好一番梳洗打扮，光是衣服就试了好几套，妆也化了一个多小时，连雨都停了，终于斗志昂扬地坐上了去往男友家的出租车——她也不知道自己为啥那么明确地冲那儿赶，这可能就是传说中神奇的“第六感”吧……

嗯，杀到门前，她做了一次深呼吸，掏出之前偷偷配的却一次都没用过的钥匙，抱着某种异常激动的心情轻松进入“敌营”，屋里潮湿暧昧的空气似乎加剧了她的兴奋，她径直冲向卧室，如愿以偿地与光着膀子、只反穿着内裤的他相撞在门口。她说他的表情很快从惊讶转为愤怒，丝毫没有羞愧的意思，并迅速从她手中抢走门钥匙，厉声训斥她私闯民宅。

她用尽全力推开他，自己也趔趄了一下。即便他横加阻拦，她还是清楚地看到那个长头发的女人正努力用淡灰色千鸟格的被子掩盖身体，且一副无辜可怜之状。她忍无可忍，破口大骂，一会儿指她，一会儿又指他，不知不觉已涕泪满面。而男人只态度认真地不停重复“我不爱你了”“刚刚不是跟你说过”“我们已经分手了”“你走吧”“别指她”等短语，此外再无其他情绪。

进不去卧室，她就转攻厨房，伸手抓起撑晾在地上的她买的雨伞，用怪力将它扯到变形，又砸在地上一顿狂踩，有一根伞骨飞出去差点儿就弹到跟出来的他……嗯，然后她就被赶出来了，她在楼道里又哭哭咧咧骂了几句，听到楼上有人开门喊问怎么回事，她这才恢复理智和公德心，火急火燎地跑到闺蜜家。当晚她临时驻扎在那里，据说扯光了两卷卫生纸，几乎把跟他在一起的一年半光景从头到尾、细致入微地追溯了一遍，眼睛肿了，嗓子哑了，仍不忘慷慨陈词痛斥那对狗男女……要不是闺蜜在凌晨两点多求姑奶奶赶紧睡会儿明天一早儿还有个无法请假的重要会议，她可能会拽着闺蜜忧伤愤懑到天亮。

这事儿着实把她伤得不轻，以至于每次聚会她都要带着对前任的哀怨登场：

“当初我真不怎么喜欢他，可他使劲儿追我呀，然后我才勉为其难跟他在一起的，这你们也是知道的……可这厮竟然在我喜欢上他之后把我甩了！把我甩了！你们说说，这算怎么一回事啊？太不合理了！

“玩弄我，对不对？他纯粹是在玩弄我！我现在回想起来，或许他根本就没认真爱过我，就等着玩腻后把我给甩了！

“他之前说要对我怎么怎么好，要娶我，啥都不让我干，天天给我做好吃的……也就我傻呀，还真信了，结果还不都是屁！

“你们知道我对他有多好吗？我对他就像照顾儿子一样，哪次逛街我不是先可着他的东西买？我心心念念能跟他修成正果，结果呢？他也真够狼心狗肺，心是黑的吧？

“就算他对我没感觉了，也得找个跟我差不多的吧？你们是没看到那个狐狸精，长得跟个妖孽似的，小鼻子小嘴的，眼角都快飞到后脑勺去了，穿衣品位和气质也不怎么样，一看就是乡下来的，没准儿在洗头房干过——他也真是瞎了眼！”

……

不仅如此，在分手后的这一年多里，她一直都没闲着：

每天都关注着他的微博，他发出的只言片语和每张照片都成了她情绪的“晴雨表”；

她隔三差五就会向他的朋友打听关于他的消息，重点是感情有没有新的进展，以及……有没有提到她或表现出对她的愧疚和……想念；

她后悔分手时一时冲动把他微信删除了，又没有脸面再加回去，只好注册小号装成别的女人，和对方交友是假，实施各种试探是真，并随时关注他在朋友圈里发布的内容；

每次喝醉酒她都要打电话过去，质问他当初为何那般绝情，为何连个“缓冲”的过程都不给她……

这段“焕发着无上荣光”的情伤也逐渐成为她与别人交谈的万能话题，不管是新朋友还是老朋友，她都能从晴朗的天气或眼前的一道美食扯到她那段时刻挂在心头的过往——拥有如此强大的应急逻辑思维和语言组织能力，不去做律师什么的也真是白瞎了……

嗯，她就是放不下，并不时在我们面前展现着深情者的专有姿态，等着我们去安慰、去褒扬，并顺便义愤填膺地谴责下那个男人的无情——这基本上已经成为她生活状态的一部分。

我们常常吐槽她：生活本就琐碎繁忙，每天还要像个私家侦探似的去关注那些细节，你到底累不累？有那闲工夫的话不如赶紧重新找个男朋友。天涯何处无大树，你又何必非得在他这棵歪脖树上吊死？

每当如此，她都沉默，忽闪着她的一双大眼睛，楚楚可怜却又藏着几分不耐烦。朋友们也便懒得再多说什么。

我经常收到一些人的情感倾诉，大部分跟她一样，都有过被甩的经历。他们孜孜不倦地向我叙述过往的甜蜜和心酸，一不小心就码了很多字给我。当我拿出全部耐心，认真仔细地读完大部分内容，却发现私信是以“我放不下Ta啊”“好难过啊，我该怎么办啊”之类的意思作为结尾……嗯，好烦躁噢——有的甚至已经和对方分手三四年了，你确定不是在逗我？

是的，我并不觉得这些“放不下”是一种“深情”。虽然我并不彻底否认“深情”的存在，但我还是认为，绝大多数被分手的人的执念都只是披着“深情”外衣的“不甘心”。

就拿前面故事里的女生为例。

首先，当初是男方死缠烂打追的她，她占据上风。而当她进入亲密关系，以为一切虽不完美却也算顺风顺水时，这种现状突然被打破，她在毫无征兆的情况下被判出局，心情即刻跌落千丈。开头和结尾的落差大到让她难以接受，所以她难以咽下这口恶气。

其次，她自认为在那段感情里投入很多（事实也真的如此），原本以为能靠这些付出赚一个安稳的未来，却在通往幸福的半路中沦为被抛弃者，因而觉得自己被亏欠太多，就像投了一支赔本的股票，参与了一场失算的赌局，实在难以甘心。

再者，“被甩”在潜意识里被盲目理解成“个人价值被全盘否定”，导致自尊心遭受重创。尤其在她看来，那个取代自己的女人并不怎么样，她难以接受自己如此不堪的“失败”，自然有些不服。

此外，拜各种矫情到病态的文艺作品所赐，她在潜意识中以为只有“走不出来且持续疼痛”才是作为一名“痴情种子”“绝版好姑娘”应有的姿态，只有这样才能对得起胸前“被抛弃者”“被辜负者”的隐形名牌，于是锲而不舍地粉饰着一份像模像样的“深情”，在自我感动的情绪中难以自拔，越陷越深。

最后就是，在我看来，她真的过得好闲啊，又一直“不思进取”，不懂得去结交几个新的异性朋友，为自己“另谋出路”，所以才有空抱着一大堆陈芝麻烂谷子顾影自怜。

是的，与其说此类人是放不下旧爱，放不下过往的记忆，倒不如说他们是放不下曾经在那段感情里的付出，放不下如今这个让五十六个民族和五十六枝花集体心疼的自己。

“不甘心”真是失恋后最为可怕的情绪，没有之一。自怜、自哀、自卑、自叹这些都能慢慢过去，唯有“不甘心”让你像被下蛊了般紧紧揪着不合适的人不放，逗留在早已坍塌的记忆里自我损耗，还以为那就是可歌可泣的爱情。

你真的还爱吗？是否只是出于感情弱者的赌徒心理，想找机会把输掉的都拿回来，或者只是对从前那些“待遇”的贪恋？

我知道你确实被伤了心，但如果心里装满了不甘心，那快乐又怎么能进得去呢？

所以我曾在上一本书的后记里提到，我们应该在感情里炼就一颗“愿赌服输”的勇敢之心，将自己所有的投入都校正到心甘情愿的频率上去，把一切的付出都视为表达爱意、让自己高兴的自我需求。

也正是因为从一开始就知道自己输得起，所有的付出才更纯粹、更自然，才更接近爱的本质。即便有朝一日关系破裂，也能从容以对，坦然接受，不至于太过愤懑不平，迟迟“死不瞑目”。

而拿自己的“牺牲”去绑架一个已经不爱你的人，其性质无异于耍赖。

也不要觉得分手就等于自己被否定了。感情之事，向来没有谁比谁好，只有谁比谁更适合。刚开始时或许你们很适合，但每个人都在不断成长、变化，且相处是个不可控的过程，总会有方方面面的因素牵扯、影响着彼此的心境，使至少一方觉得“两人貌似没有之前那么适合了”。所以，分手的实质只是一个人离开了一个不再适合自己的人，或是选择了另一个更适合自己的人，并不存在“否定”和“肯定”。因此，实在没必要质疑自己、觉得不服气，不甘心被别人“比下去”。

当然，如果你真的无法很理性地看待、总结自己“被辜负”这件事，也完全可以判定自己不走运撞上了渣男——就像前面的故事那样。

但，遭遇渣男是你的不幸，纠缠渣男就是你的不对了。

这就好比，你吃一个苹果，吃了两口发现里面全烂了。正常人的做法应该是将烂苹果彻底丢进垃圾桶，然后洗洗手、漱漱口，而不是一而再、再而三地把它从垃圾桶里翻出来，捧在手心上端详，闻其味儿，质问它为啥烂了，琢磨着再吃两口看上去没烂的部分。

没用的东西，不如尽早扔掉。何必对“一件垃圾”耿耿于怀?

你要明白，总会有人让你伤心，总会有事让你期望落空。唯一能让你稍微好受点儿的方法，就是从此在脑中植入“愿赌服输”这个概念。

感情跟事业到底还是有所不同，不是只要咬咬牙挺一挺就能克服所有难关。面对一段已然走到无可奈何、山穷水尽的缘分，我们要学的并非心存不甘地坚持到底，而是该懂得适时放手。

请别以为你有多难忘

真拿那些沉浸在情伤中难以自拔的痴情种子们没办法，顾影自怜还不够，还动不动就邀请别人欣赏他们身上那种既惆怅又绝望的美……想想也真是醉了。

他就经常带给我这种“醉掉”的感觉。每次聊天不出二十句话，他肯定会提起他那金子般珍贵的前任，且无非就是那几个难以忘怀的细节和几种难以抒怀的感受，翻来覆去，毫无新意，听得我很是乏味——但他这种纵使话题迥异万千，最终也能“万剑归宗”的语言能力和缜密逻辑，让我不得不心生敬佩。

他和她是在日语业余培训班上认识的。他有家人在日本，以后可能有过去发展的打算。而她学日语只是为了多掌握一种语言技能，希望能看懂日文书。

起先他们并没有过多地关注彼此，直到培训班组织的第二次半月考，他被分到她后面的座位，面对越看越蒙的考题，他不由得在心里埋怨自己学习语言的能力为何那么差，无望之下他便伸出了笔尾，试着向穿着白色毛衣的她求助。

是的，就像学生时期后桌的男生用笔戳了一下前面女生的后背一样，这样的开头给他们的故事奠定了小清新的基调，所以后来他一听到《那些年》的主题曲，或是在大街上看到那种气质很青葱的学生，都要忍不住暗自神伤一番。

总之，他们之间的感情，始于她借他抄试卷答案的革命情谊——可我真就不明白，那不过只是业余培训班的考试而已啊，即便零分又能怎样？真的至于要作弊吗……

他们的故事进展得含蓄且黏密。他学习日语的热情愈发高涨，但每次测试的成绩都不甚理想；她每次去上课都能在桌子上发现一杯热咖啡，环望教室里的人，发现他一直在看自己，又马上收回目光很刻意地装作若无其事；下课后他总是要以“感谢考场相助之恩”为由请她吃晚饭，她很不好意思，就隔三差五地带他走很远的路，去吃那些她觉得很棒的小店，果然让他大为赞叹；他们一前一后地在空旷又寂寞的冬夜大街上闲逛，他每走几步就回头给她讲一个突然想起来的笑话或临时憋出来的话题，两个人笑得直拍大腿，嘴巴冒着乎乎的白气；他们还突发奇想，约好在周末一起去参观动物园，结果除了一些室内的热带动物，想看的都没看到……是的，都是一些差不多这种风格的细节，没有更进阶、更劲爆的事件发生，他们甚至都没接过一次吻，最“过格”的行为也不过是他背起她在一块冰面上打了个出溜滑。他们的相爱就像一场情窦初开的青春电影，美好得有些失真，纯洁得让人害臊——可能也因此更接近初恋，才令他如此难忘。

这段云淡风轻的感情寿命只有两个多月，日语班的课程全部结束之后，他们又保持联系半个多月，随即便戛然而止了。

分手的原因并非是“男主准备出国不得不忍痛割爱”的狗血戏码，甚至十分简单粗暴：她的父母坚决不同意她找个比自己年纪小的男人。

两人静下心来商量对策，拿出了齐心协力势要攻克堡垒的架势，软磨硬泡，里应外合，在老人面前各种卖乖、承诺、表决心，甚至有一次还急出了眼泪，就差扑通下跪然后在地上打滚儿了……但你不得不承认，在儿女的婚姻大事上，确实有一种霸道强势、异常执拗、不近人情的父母存在，任你是孙悟空七十二变大显神通也不好使：不答应就是不答应，别再废话——后来她爸妈连门都不让他进了。

她是个特别孝顺的孩子，据说从小到大任何事都不敢忤逆父母的意思。而这一次她也尽力了，面对父母的坚持，她最终选择放手。

嗯，他也就真的任由她放手了，还顶着一张平静的脸死撑到底，直到她离开，才很含蓄地哭了出来。一段原本就很平静的情感瓜葛就这样看似很平静地落幕了。然后他开始在心里一遍遍埋怨父母大人为啥没把他早生出来两年。

这件事对他的影响很大，以至于一整个冬天过后，他仍旧耿耿于怀、一蹶不振。

他近乎刻意地把本就没掌握多少的日语基础全部抛空，连那几本教材也送给了我，他不再喝咖啡，甚至远离跟她吃过的所有食物，这让有一次领他到一家韩式料理就餐的我犯了大错，临时更改后又心怀歉意地听他倾诉了一个多小时愁思衷肠——好在他们在一起时吃的都是一些比较有特色的小吃，若是面条白饭之类的寻常之物，我真担心他会把自己饿死……

甚至，我经常会在行将就寝之时接到他悲思复涌的倾诉电话，不说上个把钟头他绝不罢休，让我不免有种想去考一张心理咨询师职业资格证书的冲动，没准儿就成了发家致富之道……

开玩笑。

其实我觉得，失恋这种事，是每个人在成长过程中都有可能会经历的，虽然会很伤心，但总不至于对一个人的意志和生活产生需要寻求专业心理帮助那种程度的重创。

很多人失恋后都会自然而然地想找人倾诉，然后一遍又一遍地猛力抛洒内心的忧伤。这样做或许有效，其积极意义在于：在倾诉的过程中，倾诉者可以自行完成一次情感梳理，继而重新审视自己的情绪和既定的客观事实。没准儿在讲第N遍的时候，你自己就猛然想起什么细节来，觉察出一些不对劲儿，也就没那么纠结没那么痛了。

还有一种可能是，很多事只要多叨咕几次，你自己就讲累了，觉得腻了——更何况，其实大多数时候，那些听你倾述的人未必会全程富有耐心，面对他们愈发明显的不耐烦，或许你自己都觉得无趣，然后适时闭嘴了。

当然了，上述这些“积极意义”仅会发生在比较有自省能力、能间歇性重拾理智，在谈话中能细心观察并重视对方反应、识趣而有分寸感的人。事实上，在失恋倾诉中还能秉持这些优良品性的人只占少数，如果你觉得自己不太符合，正处于十分情绪化的状态，容易翻来覆去讲起来没完没了，无法通过倾诉迅速有效地获取平静，那我劝你还是省省口舌，别找人倾诉了。

嗯，其实我还是不太赞同失恋后找别人倾诉的。虽然失恋者为大，但那些回忆和情绪只有在当事人的眼里才那么痛那么重，旁人即便再怎么努力也都无法感同身受。更何况，很多倾诉者的“诉品”并不好，很容易给倾听者造成负担。

我的一个朋友就有过两次不堪回首的倾听遭遇。对方都是那种不懂得“见好就收”的主儿，非但倾诉的内容没什么逻辑可言，表达悲伤的方式也十分不加节制，情绪处于失控状态的时间超过一分钟，哭哭咧咧，破马张飞，让在旁倾听的人无从下手，回天乏术，甚至连话都插不上，完全沦为一个“肉体情绪垃圾桶”。

何必呢。失恋本就是件难看的事，虽然愿意倾听的人已经做了些心理准备，但你也不该闹得太过夸张，把自己弄得过于难看。不要一失恋就觉得好像全世界都辜负了你、欠了你，所有人都必须好脾气、有耐心地关照你似的。失恋这种事儿说到底只是恋爱的结尾部分，压根儿就没什么大不了的，在你当初开始恋爱的时候就应该料到并做好勇于承担后果的准备。你悲思暗涌心潮澎湃只是你个人的事，对于这个正常运转的世界和拥有各自忙碌生活的每一个人来讲，完全没有任何现实意义。乐意拿出时间来听你说些旧人旧事，发些奇形怪状感慨的倾听者，其实只是出于“朋友”这一身份的道义。所以你应该懂得感激，明白要适可而止，别用自己的负能量过分影响别人。否则，只会让朋友对你感到厌烦，甚至以后都不想再搭理你——若真到了失去所有听众的地步，你不还得自己收拾那颗被伤得碎了一地的心吗？

倒不如从一开始就坚强点儿，学会自我消化负面情绪，而不是拿去叨扰他人——这其实是成年人之间的基本礼仪，也是一种自重的表现。因为并不是所有人都会对你那点儿私事感兴趣。

况且，向他人吐露悲伤其实是件危险的事，那些话一旦从你嘴里说出来，就不再受控，有可能会被别的嘴再传到别的耳朵里，甚至在不断传递的过程中“走样”，进而成为大家的笑料。你又何必急着把自己的狼狈昭告天下？

也正因如此，后来我开始欣赏那种把感情经历深藏于心的人，既显得深沉刚毅，又不会给别人添麻烦，似乎对那些经历和那些人都有着不容轻易提起的尊重。

作为一个成年人，有本事开启一段感情，自然也该有能力去承受这段感情后续发生的一切变故——包括分手。

所以，不妨将分手视为排查负面情绪、练习独处、审视自我、炼就坚强内心的成长机会。

趁机反思如何成为一个更好的人，如何更好地维持一段亲密关系，如何在爱情再次到来时获取更多的喜悦感受，或许就是失恋这件事所能带给我们的积极意义吧。

既然这样，我们该如何消化情伤呢？

如果是我，我才不会把自己关在家里呜呜哭或唉声叹气，更不会拿酒不停灌自己，那样只能让我觉得自己越来越可怜，还有碍身心健康。

我会尽可能地不让自己接触任何带有悲情色彩的文艺作品，包括但不限于伤感情歌、言情小说、苦情影视剧，因为那些只能让我更加难过。如果非要来点儿文艺生活的话，除了我一向推崇的郭德纲相声全集，我还建议你找几部灾难片来看，看完你就会觉得：相比于地球毁灭、生命垂危，失恋这种小事根本没什么大不了嘛——哈哈，活着真好！

然后，尽量让自己忙起来——是的，如果你总是陷在情伤里难以自拔，每天都想起旧爱过往把自己虐上千百遍，那只能说明你过得实在太闲了。这种关头要不断给自己找事情做，把注意力从伤心事上转移开来。

比如，健身（把自己体重控制到多少斤），学习一门外语（达到能进行日常对话的水平），掌握一项新的技能（可以是烹饪也可以是插花），考一张资格证书（把驾照拿下来吧）……总之，越是需要强大意志力才能完成的事，效果越好。

与此同时，适当犒劳下自己——你都这么惨了，还不赶紧对自己好点儿？多给自己买些水果吃，据说香蕉是公认的抗抑郁水果；把那件很想要但一直不舍得买的东西抱回家，算是送给自己的礼物；买一套心水的护肤品，晚上敷张面膜，然后早点儿上床睡觉；换个发型，换个手机壳，给自己换种心情；请年假来场说走就走的旅行，或者去公园里走走，去野外骑骑自行车，亲近下大自然，大口呼吸新鲜的空气……嗯，就是要选些能让自己重获活力、心情变好的事情来做——也不要舍不得花钱，事实上，把钱花光了反而能督促你更勤快地把钱再赚回来。

只要你如此坚持一段时间，就会把情伤对你的负面影响逐渐稀释掉。且意外收获是：你非但没有因为失恋而否定、放纵、损耗自己，反而变得元气满满，对自己和下一场恋爱更有自信了——说不定已经吸引到一个更出色的人开始愉快地拍拖了呢。

总而言之，失恋后，难过可以，怀念可以，但真没必要放任自己消沉太久，不妨给自己设定一个期限，到了大限之日就昂首挺胸地从情伤里大步走出来。

不要在已跟你不相干的人和事上再浪费一分一秒。时间真的会冲淡一切，等你过几年再回想这些事，就会觉得当时的自己是多么傻气可笑。

别忘了，“失去”的另一种说法叫“曾经拥有”。与其黯然神伤，不如记住相处中值得高兴的部分，并把全部过往当作成长的收获，带着经验和感激重新上路。

每天都有人热恋，每天也都有人分手。而这世上的大多数人，都只管新人笑，不念旧人哭。所以，你该成为冲向明天的“新人”，而不是活在过去的“旧人”。

只要心中始终有爱，即便暂时失去再多，也终究不会感到冷。

愿你的心温暖依旧。

不 爱 了 就 是 不 爱 了

“我能问你最后一个问题吗？”

“爱过。”

觉得戏谑吗？网上疯传的回答还有如下更噎人的版本：

“保大。”

“救我妈。”

“不后悔。”

“不知道安利。”

……

有没有感觉很过瘾？面对废话，就该这样噎回去。

可总是有人热衷于说这样的废话。

我一个搞教育的朋友不久前终于彻底摆脱了前男友的纠缠，他们分手是在2013年的秋季，男方藕断丝连般的情愫却一路缠缠绵绵到去年的冬天。千万别觉得讶异，大千世界无奇不有，相信一定还有人有过更为旷日持久的分手经历。可能你又要问，是不是双方存在债务纠纷……完全没有！那男人真的只是在单纯地纠缠我朋友。

除了经常在微信和QQ上冷不丁抛出一句“你真的爱过我吗”之外，他纠缠人的手法着实令人大开眼界：无论我朋友在微博、微信朋友圈、QQ空间甚至是唱吧、Instagram发布任何形式的动态，他总是出现在点赞和评论的前三名，还总是根据动态的内容说一些雷人的话，比如“又听林宥嘉的歌啊？你是不是想我啦”“你该不会是跟别人恋爱了吧”“记得好好吃早饭，别总像从前那样”之类的话。如果是些正常的互动和嘘寒问暖倒也无伤大雅，可作为已经分手了好一阵子的前任，他这样做真的好任性啊！简直是在考验人的忍耐力啊！

但我的这位朋友是巨蟹座，比较宅心仁厚，她念在从前的情分上，两次三番态度平和地告诫对方不要再那样了。怎奈无效，对方反而好像受到了某种“鼓励”似的，在各个社交网络平台上表现得更加活跃，让我们这些亲朋好友彻底凌乱了……倒也不失为“几多欢乐”。

后来我的朋友在发布各种状态时显得格外谨慎，生怕有什么字句细节被奇葩前任拿去借题发挥，以至于微博之类的都快荒废掉了。

可对方却属于那种一旦感受到对方的忍让，就势必要“百尺竿头更进一步”的人。在他于QQ空间留言“可惜不是你，陪我到最后”的那个早上，我的朋友终于忍无可忍，以迅雷不及掩耳之势把他从各个平台上删除拉黑——世界一下子就安静了不少！

但她忘了拉黑他的手机号，不到十分钟他就打电话过来质问，就像受了莫大的委屈，甚至还有些怒不可遏。她懒得费太多唇舌，激动之下竟也十分难得地撂了几句狠话，让对方认清已不可能复合的现实，希望他学会自尊自爱，不要再影响自己的正常生活，并迅速拉黑了那个手机号码。

可奇葩之所以被称为奇葩，就在于那份不知进退的“锲而不舍”，他很快就换了个号码卷土重来，直到我朋友盛怒之下关掉手机。

于是……二十多分钟之后，一个执拗到有些可爱的男人红着眼睛出现在她家门口——他用实际行动证明了“死缠烂打”绝对是最让人脊骨发凉的一个词儿。

她甚至差点儿就要报警了，虽然她觉得那样做实在太伤人，也丢不起那个脸。后来我们集思广益，让她分阶段、分步骤地对他进行了耐心细致的心理辅导，并四处为其物色“下家”，再经过一个疏远、躲避、绝缘的过程，他终于肯宽厚仁慈地放过她了。

而在松手之前，他又一次含情脉脉地问她："你爱过我吗？"

她在几秒钟内经历了一次强烈的思想斗争，用那种十分凝重的神情和语气认真答道："爱过。"

……

我忍不住开玩笑逗她："你说你到底哪儿好啊？让人家那么离不开、忘不掉的？"

她笑得很苦逼。

也总有分手后的人通过各种平台向我倾诉自己的伤心事，大都详细叙述了很多甜蜜美好的相处细节，再扔出几句对方说过的听起来有"漏洞"、有复合希望的话，最后满怀期待地问我：你说他真的爱过我吗？有没有可能……其实他心里还爱着我？

通常我只回一句话：他当初真的很爱你，只是现在不爱了。

嗯，如果他当初不爱你，怎么会愿意花费那么多时间和精力，和你一起创造那些生动具体的记忆呢？如果他现在还爱着你，又怎么会舍得放弃自己之前所有的投入，离开一个已经很熟悉了的人呢？

其实哪有那么多值得追究的疑问。眼下的状况已经是最好的答案。

当然，也有一些男人是不愿明确给出“不爱”这一结论的。当他们想结束一段亲密关系，往往会刻意设置一个“冷却期”。那是一个逐渐疏远、淡漠的过程，很多女孩起初并未察觉到异样，直到某天才愣愣地发现，对方似乎已潜移默化般从自己的生活中全身而退了。有时甚至是毫无交代的，任何明显的征兆和具有说服力的理由都没有。于是心里困惑从生，不安地等了又等，意识到对方完全没有再回来的意思，便慌了，假装镇定地跑到那人跟前询问，要么是找不着、没回应，要么只得来一句“分手吧”。至于分开的具体理由，无论是心平气和还是低声下气，都再也挖不出像样的解释。

一面要措手不及地承受分手的剧痛，一面要与头脑中顽强的“为什么”角斗。真是熬人。

那个答案，真的那么重要吗?

他认真爱过你如何，没爱过你又如何?

他依然爱着你如何，不爱你了又如何?

更何况，总有些人出于自尊，不敢承认自己决定分手前的懦弱和挣扎，或是为了免于将自己置于“冷酷薄情者”的角色，死活不肯承认“已不爱了”或“已爱上别人”这个事实。

所以，一旦遇到这种情况，应当识趣，不必再刨根问底。有些话迟迟没有说出口，只是因为真实的答案残忍且让人难堪。而他们的沉默和礼貌，或许已是勉强可给的最大良善。

留一点儿面子给他们，也给自己。

这世上最糊涂、最傻气的事，莫过于跑去问不爱你的人为什么不爱你。

爱本是自由、不受控的，不爱了就是不爱了，哪有那么多为什么。

把陈芝麻烂谷子计较得再明白，于当下的境况也毫无意义。

或许你还不死心，以为挽留能使对方回心转意。于是你摆出洗心革面、精神抖擞的架势，甚至准备好要来一场艰难的“持久战”。可对方躲闪、回绝，就是不接招，你揪着他最后的一点儿好脾气和耐心（甚至此时有些曾经的恋人已经换上另一副全然陌生的脸孔），越心急越自乱阵脚，眼瞅着把柔情的挽留演变成可恶的纠缠。

你怎么就不懂，分手后的过度纠缠无异于披着“真爱”羊皮的撒泼耍赖，即便最终“得逞”，用所谓“感动”换来的“在一起”，也实在太没意思，不过是对方出于怜悯和一时冲动给出的暂时妥协，长不了，也好不了。

事实上，绝大多数要求分手的一方（尤其是男人），在提出决定或开始疏远之前，就已经先行完成了从失恋到痊愈的过程。而你，从意识到自己被分手的那一刻才开始进入失恋状态，即便再怎么想挽回，也都于事无补。

更何况，“爱”或许可因“一见钟情”而生，但“不爱”却都是日积月累而成的。面对一个已经决定和你分开的人，又该如何让他从脑中抹去你之前的种种不可爱，重新相信你能真正有所改进呢——即便你们的分开是因为第三者的出现，也一定是你的某些方面让恋人觉得不如另外那个人可爱了。

所以，你很难再让一个已经觉得你不够可爱、不打算继续爱你的人，再乖乖站回恋人的位置。

爱是基于双方共同的意愿才能成立的，当一方不想再维持关系，无论另一方如何努力，如何沉迷于“还被爱”“还能爱”的幻想，也都只是心理上的自慰而已。

当分手已成定局，平静告别（至少表现得不那么狼狈、抓狂），暂时断联，或许才是最好的处理方式。我知道，这样的结果可能令你一时难以接受，但事情已经走到了这一步，早点儿认清眼下的局面，总比捂着眼睛站在原地要好。

这一世，我们总要不断接受一些我们不愿接受的，送别一些依依不舍的人，品尝几段忧伤，体会几次绝望。没什么大不了的，每个人都一样。这就是成长啊。

嗯，别去纠缠一个已经与你无关的人。自分手的那一刻起，你们二人的喜怒哀乐便再无关联。若暂时还做不到彼此祝福，做不到收敛起与当下身份不合宜的奢望，至少做到不打扰，不让对方在拥抱新生活时分心。

这既是一种自觉，也是一种自重。

要知道，可怜之人必有可恨之处，试着站在对方的角度看问题，你会发现自己死缠烂打的样子真的很难看。

也不要觉得自己被欺骗了青春和热情，不要因为分手而质疑之前感情的真假，不要因为结果的不爱而全盘否定曾经的爱。

之前的美好并没有走样，这段关系只是自然而然地走到了尽头。你们都已尽力，为了避免彼此间的消耗，分离或许是最明智的选择。即便你暂时不能理解这些，但时间总会让你心悦诚服地明白。

无论如何，请记住那些美好，请永远相信爱和希望。然后，让该过去的过去，让该到来的到来。

分手后，我不会说你不好

真的很难理解那些不停在别人面前历数前任缺点和种种罪行的人，他们是不是无论和谁恋爱都认定自己是被伤害的一方，因此才有了理直气壮、喋喋不休的立场？真替那些跟他们恋爱过的人感到心寒啊。

有次和朋友出去吃饭就目睹了这类人的存在。邻桌的一个女生不停地向闺蜜抱怨自己在一段感情里的艰辛，痛诉那个男生很懒、很呆、不懂情调，还动不动就跟她冷战，让她各种伤心，然后她又开始攻击感情以外的部分，什么学历不如她高，收入不如她高，样貌不如她好，品位也很糟糕，甚至把脚臭、总忘记冲马桶之类的事都抖出来了，最后以“跟他分手真是我这辈子最明智的选择，我终于逃离火坑了”作为收场。我和朋友听得大眼瞪小眼（好吧，眼睛小的那个是我……），忍不住偷偷去打量那位旷世奇女子——无论长相还是气质，其实都很一般……

借贬低别人来抬高自己本来就不地道，更何况是拿旧爱说事。既然前任那般不堪，那你当初为何还要选择与之共坠爱河？若不是“臭味相投”，那就是智商余额不足，反正会显得你也不怎么样——你在推翻自己当初的选择的同时，也在无形中抹黑了自己的人格——没准儿听你诉苦的人正在心里笑话你呢。

任何时候，都管好自己的嘴，少说别人的不是，更别透露别人的信息。分手见人品，分手后对前任的态度也是如此。

所以，如果有人向你提起自己的前任，留心其态度和语气，便可大概知晓他在感情里是个怎样的人。

我反而很欣赏那些在分手后始终心怀感激的人，从他们口中只能听到前任们的好处。提起那些往事时，他们脸上总是挂着那种由衷的美好的表情，即便被问到分手的原因，也尽量从自己身上找毛病——这不是伪善，而是真正懂爱之人对往事的慈悲。

嗯，即便每个人都有这样或那样的缺点，即便爱情中并非只有甜蜜美好的部分，即便两个人的关系最终以一场伤害狼狈收尾，但不可否认的是，毕竟两个人认真爱过啊。

这就够了。这足以让你去抵御所有伤心事，放下所有痛苦和戾气，在漫长的人生中反复回味，以此成长为一个内心温善的人。

当然，看到这里，或许有人会说："可前任就是很渣啊，就是做过很人神共愤的事，我不想辙报复他已是仁慈宽厚了，你凭什么还让我去感激他？”

好吧，抱歉又让你想起了伤心事。但我还是觉得，即便有些分手的确是因为对方很渣，但怨恨毫无意义。他是真的渣，你也是真的蠢。就当受个教训好了，这就是他们出现过的积极意义。可以记住，但别怨恨，否则只会伤身。你信不信，对方早把跟你之间的那点儿陈芝麻烂谷子抛到十万八千里了，就你还津津有味地怀恨在心、揪着不放。用别人的过错毁掉自己的好心情，多不划算啊。

你还要想想，自己那股子义愤填膺的劲儿，是不是披着“怨恨”外衣的“放不下”呢？

你说再多他的不好，也不过只是为了说服自己：失去也挺好。

估计也会有人把我的这种态度概括为“圣人模式”，觉得我是在装“圣母”——但很抱歉，我是男的，再怎么努力也无法装成“圣母”……

你我都不是圣人，但至少可以试着用圣人的思维去处理过去的记忆和自己的情绪。与其抱着怨恨过活，我宁愿选择原谅或是感激——这里的“感激”并非是要感激人渣们的伤害，而是感激曾经在一起时创造的甜蜜。因为，两个人之所以会确定恋爱关系，再怎么说也还是会有些开心的记忆的。记得并感激那部分就好了，这样人才会快乐。你着重记住开心的部分，那你就会心怀善念，开心、温暖、宽容；你着重记住伤心的部分，那你难免心情阴郁，充满怨气、悲观厌世、容易看不惯别人。

说到底，我们不过是想让自己今后过得更轻松、更自在而已。我们没办法抹掉既已发生的糟糕事情，也没办法借助小叮当的时光机回到过去避免自己遇到后悔遇到的人，但我们至少可以转换心态，决定今后生活的心情。

这就好比一对夫妇去郊外散步，都拿着手机一路拍照。妻子拍的都是晴空、白云、飞鸟、花草，而且都是彩色照片；丈夫拍的都是难看的石头、干涸的沟渠、小动物的死尸，且照片都是黑白的。旅途结束后，妻子十分开心，很有活力地准备起了晚饭，并表示下个周末还要去郊外散步。可丈夫却垂头丧气一点儿精神也没有，一副特别疲惫的样子，还声明再也不想去那种鬼地方了……

你把注意力集中在什么东西上，就会产生相应的感受和心情。对于爱的记忆，也是如此。

所以你就会看到，为什么有的人想起自己的情感经历时会心生怨怼，异常痛苦，还总是质疑爱情，对亲密关系缺乏信心；可有的人却嘴角微翘，一脸柔情，精神愉悦，心里似有暖流划过，对爱情也总是充满期待。

只因为他们着重记忆着不同的部分。

想做个怎样的人，想拥抱哪一种心情，你自己选吧。

而且，不是只有你才爱过人渣，不是只有你曾被狠狠伤害过。只是有的人已经懂得饶过自己、饶过别人，不想再提。你之所以会被人伤害，是因为你自己给了对方这样的机会。你又有什么好抱怨的？因此，没必要夸大自己的委屈、难过和愤怒，觉得自己是被这尘世辜负的折翼天使。

记恨一个人，伤害最深的其实是你自己。而被你记恨的对象，几乎不会受到任何影响，甚至早已将你这个人忘到九霄云外去了——你想想，这是多么的“不公平”？

那为何还不放下？

你要知道，对一个曾伤害你的人的宽恕，其实是对你自己最好的善待。你可以用恨失去全世界，自然也可以用爱得到全世界。海阔天空，其实只在转念之间。

宁可自己去原谅别人，也别让别人来原谅你。乐观向前，才是人生中最正确的事。

反过来讲，很年轻的时候，我们都对爱情缺乏正确的理解，遇到一些伤害就只学会了抱怨，却没想过伤害对自己的意义到底是什么。后来才知道，其实那些都是收获，是可以让自己在人生迷宫中少走些弯路的宝贵经验。

我也由此明白，慈悲和感恩才是爱真正教给我们的东西。

嗯，在一起的时候，全世界都不可以说你不好，只有我可以；分开以后，全世界都可以说你不好，只有我不会。

将来我可能还是会想起你，无论那些记忆是甜蜜还是心酸，我都心存感激。感激你曾为我小小的世界注入过一抹色彩，感激你以特殊的方式教会我成长。

“我愿你好，即便后来你与我全然无关。”

如此，多好。

伤心的人别听慢歌

我发现我认识的人都是些深情的主儿，都对“终将逝去的前任”难以忘怀，迟迟不肯“推陈出新”，显得我特别冷血无情、没心没肺。

一个入行没多久的记者小妹妹始终放不下她深爱的那个男人，动不动就是一脸悲伤的模样，就连同事问她要不要一起去看某部新上映的爱情片，她也会眼神突然黯淡下去，再十分勉强地扬起嘴角挤出一个干瘪的笑——让人觉得，自己原本是好意，却不小心伤害了脆弱的她……

有时她会零零散散地跟我聊些她和前男友之间的事，嗯……怎么说呢，其实也就是正常的两个人正常的相爱过程，持续了不足一年，分手的理由也平淡无奇，不足以让我在听她诉说时露出惊叹之色。我试着劝慰了她两句，希望她不要过度沉湎于此，她仍旧冲我挤出那种很苦很深宫幽怨的笑，好像在礼貌地让我闭嘴。

后来一个偶然的机会，我找到了她之所以每日忧戚的症结：她手机里存着好几十首情歌，都是她跟前男友一起听过或相恋时她独自听过的，而且有一点儿令我十分不解——那些情歌中有八成都是那种很伤感很戳泪点的，恋爱时为何会听这种格调的歌呢？不悲剧才怪呢。

这小妹妹的家距离单位很远，每天上下班都要坐一辆单程将近一个小时的公交车，且上车的地点正好是两头的终点站，通过排队等候，她总能捞到座位，而掏出手机听歌就成了打发时间的习惯性选择……想想看吧，那样一个伤心动肝的情歌列表，每周六天早晚两遍循环播放，想不伤感都难——也就是说，每天早上她一坐上公交车，就为全新的一天奠定了悲伤的底色，难怪她成天都顶着一张林妹妹似的苦瓜脸。

而她也足够诚实，我刚给她指出这一点，她就立马主动交代：听着听着突然就泪撒公交车的情况，确实也发生过十好几次……

这简直是一种情不自禁的自虐啊！

在所有的艺术表达形式里，音乐似乎与我们的生活最为密切相关。我们可以很久不看一场电影、一本书、一场画展，但音乐总会防不胜防地溜进我们的生活：一来电话便响起的手机铃声，打开电视随处可见的影视剧主题曲和广告背景音，大街上的商家店铺用各种音响设备放着的流行歌曲……

音乐也最容易直抵人心，一首歌刚刚响起前奏，我们的思绪可能就已经跟着它跑远了，如果熟悉的话，我们还可能会不由自主地跟着和唱，心情也随之发生变化。

而情歌之所以好听，不仅仅因为其旋律优美、作曲精良，更重要的是，我们都在歌词中看到了自己的故事，在歌手撕心裂肺的深情演唱中忍不住手欠，非要借着机会把自己心坎儿上的伤口抚摸一遍，然后还要摆出一副被虐得很爽的表情，恨不得拉住大街上的人，眼含热泪地兴奋着告诉大家：听见没，这首歌是说我呢！说我呢！

于是，当听到“给我一个理由忘记，那么爱我的你（A-Lin《给我一个理由忘记》）”时，我们会下意识地夸大前任多么多么爱我们，似乎我们真的没有什么理由去忘记他们；当听到“有一种爱叫做放手，为爱放弃天长地久（阿木《有一种爱叫做放手》）”时，我们会猜测对方给出的分手理由背后是不是有什么情非得已的难言之隐，或者真的就信了“奥斯卡明日之星”们编出来的深情鬼话；当听到“我在等一分钟，或许下一分钟，能够感觉你也心痛（徐誉滕《等一分钟》）”时，我们在分手后不断地对自己说“再等一等，再等一等”，无休止地幻想着前任会捂着疼痛不已的胸口回来找我们，且越失望就越等，就是看不到追我们的那些人也都等得十分心痛；当听到“傻瓜，我们都一样，被爱情伤了又伤，相信这个他不一样，却又再一次受伤（李代沫《傻瓜》）”时，突然对爱情又有种认命的感觉，好像爱本就该这样，所有人恋爱都会伤了又伤、往死里伤，并抱着不思悔过、任人宰割的心态等待着再一次受伤；当听到“突然好想你，你会在哪里，过得快乐或委屈（五月天《突然好想你》）”那就更不得了了，恨不得立马拨通那个人的号码用颤抖的声音送上一句问候，却不明白，对方可能正和现任油渍麻花地嚼着香辣小龙虾，他在哪里、过得委不委屈，显然都跟你没有半毛钱关系……

这些伤感的情歌就这样无孔不入地浸淫着我们的耳膜和情绪，它们时不时就要蹦出来提醒我们：嗯，我真是个深情专注、心地柔软的有故事的人，就算封个“情圣”的头衔给我也不为过……

殊不知，我们已中毒太深，大块大块的好心情都被这些“唱着说话不腰疼”的伤感情歌掏了去，我们却躲都不知道躲。

是的，躲一躲是很有必要的。我建议前头那个小妹妹把手机里承载回忆的情歌都删掉，换一批轻快欢乐的曲子进去。没过几天，她看起来心情确实好了不少，有时还会很漂亮地笑笑。她终于从习以为常的自虐游戏中逃脱出来了，可喜可贺。

五月天有首歌叫《伤心的人别听慢歌》，我觉得这歌名特别好，显而易见地传递着一个可行性很强的指导性意见。你既然都那么伤心了，那就少听点儿伤心的慢歌吧，一旦少了它们的叨扰，你会愣愣地发现：其实前任也没那么难忘，那些记忆也没那么疼。

说什么“曲短情长”，你伤心时流的那些眼泪，不都得你自己擦吗？

别人唱什么样的歌你管不了，但至少你可以管住自己的耳朵，至少可以决定自己去拥抱哪一种心情。

失恋后如果非要听点儿什么转移下注意力，那就听郭德纲的相声全集吧。我试过，挺有效的。

放心吧，我还爱得起

她曾在十七岁那年的春节前因一段网恋自杀，用可乐送服，吞了整整一瓶脑清片，好在抢救还算及时，她这朵花没凋谢成，至今开得很好。

我也是在网上结识她的，她那种与生俱来的真诚让我很愿意跟她说话。但我们从来没想过要见面，也没有生出任何越界的想法，默契十足地维持着那种纯粹的、无话不谈的网友关系，一旦遇到什么不开心或想不开的事，都会在QQ上说一说，让对方乐呵乐呵。

我至今还记得她是如何描述吞下那些药片后躺在床上等死的那种心情的：眯着眼睛瞧着天花板，看着雪白的墙壁，心里想着自己就快离开这个世界了，竟突然又有些不舍，全然没有了之前那种“视死如归”的决心。然后就开始抑制不住地流泪，伸出无力的手感触着墙壁的冰凉，觉得不是自己抛弃了世界，而是世界抛弃了自己。随即是一股汹涌而来的恐惧。

我猜不出她当时敲打那些字句时的表情，可能是一种陷进回忆里的淡淡的痛苦，可能是一种过尽千帆似的麻木或自嘲，也可能是一种莫名其妙的轻松，就像在说起一件别人的事。

120急救人员赶到她家时，那些药片已经开始起作用了，她丧失了意识，嘴还不停地吐白沫。这些是她爸妈后来告诉她的。她也不知道自己是如何被人抬走的，睁开眼的时候已经躺在病房里了，浑身无力，胸腔内疼痛不已，还不停呕出不明液体。她看到爸妈那种宽容和放心的神情，忍不住一下子就哭了，觉得很对不起他们。

她网恋的对象知道她做的这件蠢事之后感到十分诧异，说根本没想到她能真的那样去做。据说，他还为此自责了一阵子。但他们还是没有将网恋进行下去，甚至，他们至今都没见过面，一个在北方，一个在南方，都是不怎么知名的小城市，各自经营着忙碌平淡的生活。

我没兴趣深究她当时自杀的原因。网恋似乎成了最近两三代人成长过程中的必经阶段，分隔两地的感情悲剧屡见不鲜，无非是一方得知另一方有了新的际遇，便哭着闹着使出各种必杀技以求引起对方的重视。类似的愚蠢冲动其实每天都在上演，想必医院里那些为吞药自杀者洗胃的大夫对此更是司空见惯。

我绝对不是在鼓励大家为爱自杀，而是真心觉得那次自杀的经历对她来讲是一件天大的好事。只有面临失去才会懂得不舍和惧怕，从那之后她开始更加珍惜生活，对待爱情的态度也清醒豁达了许多，反而把更多爱和心思放在家人身上。她也并不怨恨当时那个网恋的对象，好像至今仍在网上保持着联系，就像两个从未见过面的老朋友。

我开玩笑地问过她会不会哪天遇到一个“真命天子”，又爱得死去活来为其自杀？她一连发了十多个大笑的表情给我，后面跟着一句话：怎么可能？那种傻事一辈子做一次都太多了！

是啊，一次都太多了。

爱是自由、不受控的，其开始和结束都极为正常，只是一段关系中的首尾阶段。在这个纷纷扰扰的大千世界，每一秒钟都有无数个角落正在上演爱情的落幕。而绝大多数的分手都很痛。因此，你的“遭遇”并不特别。

爱情走了，但天并没有塌。末日未临，整个世界依然有条不紊地运行着。一切都还好，只是你的心暂时蒙上了情绪的灰尘。

你可以拥有爱情，但不必对它过分执着。要明白，两个没有血缘关系的人能走到一起，仅仅基于彼此的自愿。而这种自愿并无“保质期限”，更无法强制双方“共进退”。当其中一人收起这份自愿，那分别就成了必然。既然是必然，又怎么拗得过。能做的，只有全然理解并接受它。

嗯，失去的恋人就像泼出去的水，无法挽回。离开你的都自动成为路人，无论你曾经多么在乎。

在做任何傻事之前不妨静下心想一想：到底有什么事情那么严重、那么难以解决，非要让你出此下策？

离开一个已经不爱自己的人，难道真的是一种毁灭性的损失吗？

我并不这样认为，反而觉得，为一个对自己已经没有任何现实意义的人继续消耗好心情和对未来生活的希望，才是更大的损失；而认清局面，处理好情绪，及时回归自己原本的精神、生活状态，才是明智的止损。

当你拨开迷雾找到这种“明智”，你便坚强了，也更成熟了。

你以为赌气自杀可以唤醒对方的爱，以为对方会因此重视你、挽留你、怀念你，甚至为你内疚一辈子……

根本不会的。别高估最真实的人性。人都是自私的，热情不再之时，大家都拾回了理智，考虑的只有自己。既然你们之间唯一的联系——爱情都已经消失了，你的死活跟对方还有什么关系？

自责一生、终身不娶或悲痛殉情的戏码只在文学和影视作品里才有，看看可以，别太相信。现实情况是，大多数提出分手的人都会很快另觅新欢（况且，这其中还包括一部分因他们移情别恋而造成的分手），且已将对于情爱的全部热情和注意力集中到新的对象上，谁会为一个“过期且被自己亲手丢掉的罐头”而分心呢？

旧的不去，新的不来。你要知道，除了亲人，没有任何人是不可取代的。“真命天子”“此生唯一”只是文艺化的虚幻概念，并不现实。

或许你说，我只是想以死证明自己有多爱。

这是不成立的。因为对方已经撤退，这段亲密关系随即不再存在。以自己最宝贵的生命为代价，去证明一种已不存在的东西，这是何等愚蠢。

永远别迷信爱情。

我并不觉得所谓的“爱情至上”是种明智的信仰，也不认为“离开对方活不了”就是深情的表现。在感情中过度依赖对方，只能说明一个人内心的空虚，以及在生活其他领域中的无能——这其实是一种不自知的精神残疾。

精神残疾有时比肉体残疾更可怕，但好在还有复健的可能。

你该努力去做一个完整的、更好的人。因为生活中有很多肉体残疾的人，仍然在努力为我们呈现着某种意义上的完整，他们如此可爱又可敬，让我们体味到生命的乐观，在疲惫困顿中看到希望。而身体条件“相对优越”的我们，又为何要放弃呢?

如果实在还是看不开，还是想以一死证深情，那你不如再这样想：你连死都不怕了，难道还会害怕失去一个已经不爱你的人吗?

其实你一直都很勇敢，何必要以这种极端懦弱的方式去逃避伤痛?

别站在伤痛的对立面。伤痛未必就是坏东西，它是获得成长的好机会。

拿出自己的勇敢，试着更坚定一点儿，去面对它，拥抱它，然后穿过它。

可喜可贺，不是吗?

答应我，如果已经有人伤害了你，你就不要再跟着伤害自己了。我说的这“伤害”并不仅仅是自杀、自残，还包括酗酒、乱性、郁郁寡欢、一蹶不振。

你已经伤过心流过泪了，就别再让更多人——我是说那些真正爱你、不离不弃的人，也跟着伤心流泪了。也别以为你有权结束自己的性命，因为那是你父母给你的，想毁掉他们毕生的“心血之作”，你征得他们的同意了吗?

永远都要记住：一个连自己都不爱的人，根本不懂得该如何去爱别人，因此也就得不到别人的爱。爱别人之前要先懂得如何自爱。

不懂自爱的人，只会被人轻视并遗忘。

好了，擦干眼泪，抬头看看天空，慢慢闭上眼睛，均匀地呼吸，细听风声、虫鸣、鸟叫，哪怕是汽车发动机的低吼和邻家老太的聒噪，都能真真切切地让你感受到这个世界的美好和精彩。

只要活着，就有无限可能。何况余生还长，你怎么就能肯定，今后不会遇到更好的爱恋了呢？

爱情真的只是生活中很小的一部分。还有很多有趣有意义的事等着你去做，还有很多愉悦和感动等着你去体验。

有时你之所以活得不开心，只是因为你把自己圈进了一个框，局限了自己。把心放宽，你会感受到更多。

最后想对前任们说一句话：年少时我也曾以为离开你们会死，但后来我发现，我活得越来越好了。

谢谢你们，更谢谢明智又坚强的自己。

感 谢 的 话

感谢编辑石雯。我第一本书还没出版的时候，我们就成了朋友。我记得当时她就跟我说，以后若有合适的机会，想做我的书。现在，这个约定实现了。感谢她前前后后为这本书付出的心血。如果没有她的理解和用心，这本书绝不会是现在这个美美的样子。

感谢插画师树子姑娘。如你所见，她的画功深厚，画风细腻，且不仅仅追求画面的美感，更蕴含着一种情绪的力量。她的每一幅作品都别具巧思，有着很强的故事性，与这本书的内容十分贴切。

感谢设计师Mirro先生。之前就有留意到他的作品，没想到编辑大人是请他来操刀这本书的封面设计，我很惊喜。感谢他卓越而独到的审美，又为本书增色不少。

感谢本书的监制夏莱，负责营销的姜涛，负责印制的张军伟以及其他我叫不出名字的在背后默默付出的人。谢谢大家的共同努力。

感谢家人和朋友们一如既往的鼓励和支持。

也感谢每个能读到这一页的你。是你们支撑着我继续写下去，在我质疑自己的时候给我力量。

祝愿所有人，生活愉快，一切顺利。

鹿满川

You don't

seem to want me

at all